Goosebumps®

Goosebumps®

Goosebumps®

雞皮疙瘩 36

妖獸森林

The Beast From The East

R.L. 史坦恩（R.L.STINE）◎著

孫梅君◎譯

致台灣讀者

讀者們，請小心……

我是Ｒ．Ｌ．史坦恩，歡迎到「雞皮疙瘩」的可怕世界裡來。

你是否曾在深夜裡聽到過奇怪的嚎叫？你是否曾在黑暗中聽到腳步聲——卻根本看不到人？你是否見過神祕可怖的陰影，幽幽暗處有眼睛在窺視著你，或者身後有聲音叫你的名字？

如果是這樣，你應該了解那種奇特的發麻的感覺——那種給你一身雞皮疙瘩、被嚇呆的感覺。

在這些書裡，幽靈在閣樓上竊竊低語；膽顫心驚的孩子忽而隱形；稻草人活了，在田野裡走來走去；木偶和布娃娃也有生命，到處嚇人。

當然，這些都是磨礪心志的好玩的嚇人事。我希望你們感到害怕，同時也希望你們大笑。這都是想像出來的故事。當然，最可怕的地方在你們自己心裡。

過個害怕的一天吧！

出版緣起

人生從奇幻冒險開始

城邦媒體集團首席執行長 何飛鵬

我的八到十二歲是在《三劍客》、《基度山恩仇記》、《乞丐王子》中度過的。可是現在的小孩有更新奇的玩具、電玩、漫畫，以及迪士尼樂園等。

八到十二歲，正是孩子從字數極少、以圖畫爲主的繪本閱讀，跨越到漸漸以文字閱讀爲主的時期。也正是訓練孩子從圖像式思考，轉變成文字思考的重要階段。在這個階段，養成長期的文字閱讀習慣，能培養孩子敘事、分析、推理的邏輯思辨能力，奠定良好的寫作實力與數理學力基礎。

然而，現在的父母擔心，大環境造成了習於圖像、不擅思考、討厭文字的一代。什麼力量能讓孩子重回閱讀的懷抱呢？

全球銷售三億五千萬冊的「雞皮疙瘩」，正是爲了滿足此一年齡層的孩子的需求而誕生的！

無論是校園怪奇傳說、墓地探險、鬼屋驚魂，或是與木乃伊、外星人、幽靈、吸血鬼、殭屍、怪物、精靈、傀儡相遇過招，這些孩子們的腦袋裡經常出現的角色或想像，經由作者的生花妙筆，營造出一個個讓孩子們縱橫馳騁的魔幻時空、光怪陸離的神奇異界，經歷各種危急險難，最終卻又能安全地化險為夷。這樣的冒險犯難，無論男孩女孩，無不拍案稱奇、心怡神醉！

本系列作品被譯為三十二種語言版本，並在全球數十個國家出版，創下了出版史上多項的輝煌紀錄，廣受世界各地孩子的喜愛。作者史坦恩表示，這套作品之所以成功，是因為多年的兒童雜誌編輯工作，讓他對兒童心理和兒童閱讀需求有了深刻理解——他知道什麼能逗兒童發笑，什麼能使他們戰慄。

我們誠摯地希望臺灣的孩子也能和世界上其他的孩子一樣，有更豐富多元的閱讀選擇。更希望藉由這套融合驚險恐怖與滑稽幽默於一爐，情節緊湊又緊張的「雞皮疙瘩系列叢書」，重拾八到十二歲孩子的閱讀興趣，從而建立他們的閱讀習慣，擁有一個快樂學習的童年。

現在，我們一起繫好安全帶，放膽體驗前所未有的驚異奇航吧！

專文推薦

戰慄娛人的鬼故事

國立臺北教育大學語文與創作系兒童文學教授 廖卓成

這套書很適合愛看鬼故事的讀者。

文學的趣味不止一端，莞爾會心是趣味，熱鬧誇張是趣味，刺激驚悚也是趣味。有人擔心鬼故事助長迷信，其實古典小說中，也有志怪小說一類，《聊齋誌異》就有不少鬼故事。何況，這套書的作者開宗明義的說：「這都是想像出來的故事」，不必當眞。

既然恐怖電影可以看，看鬼故事似乎也無妨；考試的書讀久了，偶爾調劑一下，對頭腦卻是有益。當然，如果看鬼片會連續失眠，妨害日常生活，那就不宜勉強了。

雋永的文學作品，應該有深刻的內涵；但不少兒童文學作品說教有餘，趣味不足。只要有趣味，而且不是害人為樂的惡趣，就是好的作品。鮑姆（Baum）在《綠野仙蹤》的序言裡，挑明了他寫書就是為了娛樂讀者。

倒是內行的讀者，不妨考校一下自己的功力，留意這套書的敘事技巧，由主角「我」來講故事，有甚麼效果？書中衝突的設計與化解，是否意想不到又合情合理？能不能有不同的設計？會不會更好？這是另一種引人入勝之處。

Goosebumps 雞皮疙瘩

導讀

結局只是另一場驚嚇的開始

耿一偉
臺北藝術節藝術總監
臺北藝術大學戲劇系兼任助理教授

不知道大家還記不記得，小時候玩遊戲，比如捉迷藏等，都會有一個人要當鬼。鬼在這個遊戲中很重要，沒有鬼來捉人，遊戲就不好玩。這些遊戲的關鍵特色，不是人要去消滅鬼，而是要去享受人被鬼追的刺激樂趣。所以當鬼捉到人後，不是遊戲就結束，而是下一個人要去當鬼。於是，當鬼反而是件苦差事，因爲捉人沒有樂趣，恨不得趕快找人來替代。所以遊戲不能沒有鬼，不然這個遊戲就不好玩了。

在史坦恩的「雞皮疙瘩系列」中，這些鬼所扮演的角色也是類似遊戲中的鬼，給我帶來閱讀與想像的刺激。各位讀者如果留意一下，會發現在他的小說中，都有一個類似的現象，就是結局往往不是一個對抗式的終局，一種善惡誓不兩立，以消滅魔鬼爲最終目標的故事——這比較是屬於成人恐怖片的模式，不是你死，就是人類全部變殭屍。但「雞皮疙瘩系列」中，你的雞皮疙瘩起來了，可是結尾的時候，鬼並不是死了，而是類似遊戲一樣，這些鬼換了另一種角色，而且有下一場遊戲又要繼續開始的感覺。

礙於閱讀的樂趣，我無法在此對故事結局說太多，但各位看完小說時，可以再回想我在這裡說的，就知道，「雞皮疙瘩系列」跟遊戲之間，的確有類似性。換另一個角度來看，這些主角大多為青少年，他們在生活中碰到的問題，如搬家面對新環境、男生女生的尷尬期、霸凌、友誼等，都在故事過程一一碰觸。

「雞皮疙瘩系列」令人愛不釋手的原因，也在於表面上好像主角是鬼，但讀到一半，你會感覺到，故事的重點不知不覺地從這些鬼怪轉移到那些被追的青少年身上，鬼可不可怕不是重點，重點是被追的過程中，一些青少年生活中的苦悶，也被突顯放大，甚至在故事中被解決了。所以你會在某種程度感受到，這本書的內容是在講你，在講你的生活，在講你的世界，鬼的出現，只是把這些青春期的事件給激化了。

另一個有趣的現象，是從日常生活轉入魔幻世界的關鍵點，往往發生在父母不在身邊，然後主角闖入不熟識空間的時候——比如《魔血》是主角暫住到姑婆家、《吸血鬼的鬼氣》是闖入地下室的祕道、《我的新家是鬼屋》是新家的詭異房間……等等。

因爲誤闖這些空間，奇怪的靈異事件開始打斷平凡無趣的日常軌道，一段冒險展開了，一場你追我跑的遊戲開始進行，而父母們往往對此毫無所悉，不知道自己的兒女在故事結束時，已經有所變化，變得更負責任，更勇敢。

「雞皮疙瘩系列」的意義，也在這個地方。在平凡無奇充滿壓力的青春期校園生活中，有那麼多不快樂、有那麼多鬼怪現象在生活中困擾著我們，但這無法跟家長說，因爲他們不能理解，他們看不到我們看到的。但透過閱讀，透過想像力所引發的鬼捉人遊戲，這些不滿被發洩，這些被學校所壓抑的精力被釋放了。

幸好有這些鬼怪的陪伴，日子不再那麼無聊，世界可以靠自己的力量改變。

終究，在青少年的世界裡，鬼怪並不是那麼可怕，在史坦恩的小說中，也往往會有主角最後拯救了這些鬼怪的情形，彷彿他們不是惡鬼，而比較像誤闖人類世界的外星人……這也是青少年的焦慮，他們正準備降臨成人世界，這件事讓他們起了雞皮疙瘩！！

這句英文怎麼說

光是想像就讓我渾身發起癢來。
Just thinking about them made me itchy all over.

1.

當我還是個很小很小的小女孩時，媽媽晚上總會哄我入睡。她會低聲呢喃：

「晚安，珍潔，晚安，別讓臭蟲爬上妳的小被單。」

我不知道臭蟲到底是什麼東西。我想像牠們是種肥大的紅色蟲子，生著大大的眼睛和蜘蛛般的腿，在床單底下到處亂爬。光是想像就讓我渾身發起癢來。

當媽媽吻過我的額頭離開後，爸爸就會踏進我的房間，對我唱歌。他的歌聲很輕柔，每回唱的都是同一首歌：「泰迪熊的野餐」。

我不明白他爲什麼覺得這首歌適合當搖籃曲。歌詞是說有人走進森林裡，發現了好幾百隻熊！

這首歌讓我不寒而慄。這些熊野餐的時候吃些什麼？小孩子嗎？

當爸爸親了我的額頭走出房後，我會發癢顫抖好幾個小時。結果就做了惡夢，關於臭蟲和熊的惡夢。

一直到幾年前，我都不敢走進森林裡。

不過我現在十二歲了，不再害怕了。

至少，直到今年夏天我們一家人去露營以前，我都不會害怕。因為我就是在那個時候，發現森林裡有遠遠比熊更可怕的生物！

讓我從頭說起吧。

關於我們的露營之旅，我所記得的第一件事是爸爸在對我弟弟大吼。我有兩個十歲大的弟弟——派特與奈特。你猜對了，他們是雙胞胎。

我可真走運——是吧？

派特與奈特不僅僅是雙胞胎，還是同卵雙生的雙胞胎。兩個人長得一模一樣，搞不好連他們自己都會搞混！

他們兩個都又矮又瘦，有著圓圓的臉和棕色的大眼睛，褐色頭髮都梳成中分，分垂兩側直直落下來。他們都穿著寬鬆褪色的牛仔褲，還有紅黑相間的T恤，

這句英文怎麼說

爸爸不斷回頭對他們吼叫。
Dad kept turning around to yell at them.

上頭印著誰也看不懂的標語。

只有一個辦法可以分辨派特和奈特，就是直接問他們！

我記得出發露營那天，是個美麗的晴天。空氣清新，飄著松樹的氣味。當我們沿著一條蜿蜒的小路穿過樹林時，枯枝和落葉在我們鞋子底下劈啪作響。

爸爸在前頭領路，肩上扛著帳棚，還背著一個鼓脹的背包。媽媽跟在他後面，也扛著一堆我們露營要用的東西。

小徑穿過一塊長滿青草的空地，陽光熱烘烘的照在我臉上，我覺得背包有些沉重了起來。不知道爸媽還要走到林中多深的地方。

派特和奈特跟在我們後面，爸爸不斷回頭對他們吼叫。事實上，我們全都得對著派特和奈特吼個不停，否則他們好像什麼都聽不進去，只聽得見彼此。

那爸爸又是爲了什麼要吼叫呢？

唉，就爲了一件事，奈特一直消失不見。他喜歡爬樹，給他看見一棵好樹，他就非爬不可。我想他大概有黑猩猩的基因。

我一有機會就對他這麼說。他會故意搔抓自己的胸膛，學猩猩怪叫，還覺得自己挺有趣的。

總之，我們在樹林裡走著，每回我們轉過身，奈特都會在某一棵樹上。這拖慢了大家的速度，所以爸爸只好對他吼個不停。

接著爸爸又得對派特吼叫，爲了他的掌上型電玩。「我告訴過你別把這玩意兒帶來！」爸吼道。老爸又高又壯的，有點像頭熊，嗓門渾厚而響亮。

但是這些都不管用。派特和奈特從來不聽他的。

派特跟著我們往前走，眼睛盯著他的電動，手指猛按控制鍵。

「我們爲什麼要到森林裡遠足呢？」爸問他：「要打電動待在你房間裡就行了。把它收起來，派特，看看四周的風景。」

「不行，」派特抗議道：「現在不能停下來，我打到第六關了！以前從來沒打到過第六關！」

「那邊來了一隻花栗鼠哦。」媽插嘴說道，並指著不遠處。媽媽是野生動物嚮導，每樣會動的東西都會被她指出來。

但是派特並沒有從電玩上抬起眼睛。

這句英文怎麼說

我打到第六關了。
I am on Level Six.

「奈特呢？」爸爸的目光搜尋著那片空地。

「爸，我在這上頭。」奈特回答。

我用手遮住陽光，看見他正攀在一棵高大橡樹的枝頭上。

「快下來！」爸喊道：「那根樹枝撐不住你的！」

「嘿——我打到第七關了！」派特宣布，手指還在狂按著。

「快看——有兩隻兔寶寶哦！」媽高聲說：「看到牠們在草叢裡了嗎？」

「我們繼續走吧，」我抱怨著，「這裡太熱了。」我只想趕快走出那片空地，回到陰涼的樹蔭底下。

「珍潔是唯一懂事的。」爸爸搖著頭說。

「因爲珍潔是怪胎！」奈特一邊喊一邊從橡樹上滑下來。

我們穿過樹林往前走，不知走了有多遠。四周眞的美極了！而且非常幽靜！太陽的光束從高高的樹枝間透下來，照得地面閃閃發光。

我發現自己正哼著那首關於熊在森林中的歌，不知道它爲什麼會跳進我的腦袋，爸爸已經有好幾年沒唱這首歌給我聽了。

我們在一條清澈涓細的小溪旁停下來吃午餐。

「這會是個紮營的好地方，」媽提議道：「我們可以在岸邊的草地上架起帳棚。」

於是爸媽開始卸下裝備，動手架起帳棚，我在一旁協助。派特和奈特朝溪裡扔石頭，一會兒又展開一場角力賽，想把對方推進水裡。

「帶他們到樹林裡去，」爸爸吩咐我：「試著把他們搞丟好嗎？」

當然，他是在開玩笑。

但他沒料到，派特、奈特和我很快就會眞的走丟了——而且回來的希望極其渺茫。

2.

「你想做什麼啦？」奈特質問。他撿了一根細樹枝當作拐杖，可是派特不斷拍打它，想讓奈特跌倒。

沿著小溪走了一陣子，我看見無數的小銀魚在水面附近游著。我們正穿過糾結的樹叢、矮灌木叢和岩石，走出自己的一條道路。

「來玩抓迷藏吧！」派特喊道，他拍了奈特一下。「你是鬼！」

奈特一掌拍了回去。「你才是鬼！」

「你是鬼！」

「你是鬼！」

「你是鬼！」

這句英文怎麼說

來玩捉迷藏吧！

Hide-and-seek!

兩個人越拍越用力。

「我來當鬼！」我大聲宣布。只要能阻止他們謀殺對方，要我做什麼都行。「快去躲起來，但是別跑太遠。」

我斜靠在一棵樹上，閉起眼睛，開始數到一百，我可以聽見他們蹦蹦跳跳跑進樹叢。

數過三十之後，我開始十下、十下的數。我可不想讓他們領先太多。「不管躲好了沒有，我要來了！」我喊道。

我只花了幾分鐘就找到派特。他蹲在一個很大的白色沙堆後面，以爲把自己藏好了，不過被我看到他的褐髮從沙堆頂上冒了出來。

我輕易就拍到他了。

要找出奈特就比較難了。他一定是爬上了某棵樹，高高在上，完全隱蔽在濃密的綠葉叢中。

要不是他朝我吐口水，我可能永遠也找不到他。

「給我下來，你這變態！」我氣得大罵，朝他揮舞拳頭。「你眞是夠噁心的！

這句英文怎麼說

不管躲好了沒有，我要來了！
Ready or not, here I come!

快下來——立刻！」

他咯咯直笑，朝下望著我。「我吐到妳了嗎？」

我沒有回答，等他爬下樹來，就抓起一把枯葉往他臉上抹，直到他又咳又喘，嗆得差點窒息。

這就是伍德家典型的捉迷藏場景。

之後，我們在林間追逐一隻松鼠。那可憐的小東西不斷回頭瞄我們，好像不相信我們是在追牠似的。最後牠終於厭倦了這場賽跑，匆匆爬上一棵高大的松樹。

我環顧四周，這一帶森林的樹木長得很茂密，枝葉遮住了大半的陽光，空氣也比較陰冷，樹蔭底下幾乎暗得如同黑夜一般。

「我們回去吧，」我提議道：「爸媽或許在擔心了。」

兩個男孩並沒有異議。

「走哪條路呢？」奈特問道。

我游目四望，用眼光掃瞄了一整圈。「嗯……走這邊。」我指著一個方向，用猜的，但我覺得有百分之九十九確定。

「妳確定嗎？」派特用懷疑的眼光問我。看得出來他有點擔心。派特並不像奈特和我那樣喜歡戶外。

「當然確定。」我對他說。

我領頭往前走，他們緊跟在後。他們兩人各撿了一根手杖，走了幾分鐘後，就開始用手杖鬥起劍來。

我不理會他們，要擔憂的已經夠多了。我根本不確定我們是否走對了方向，事實上，我已經完全搞不清東南西北了。

「嘿——小溪在那邊！」我開心的喊道。

我立刻感到輕鬆許多。幸好沒有迷路，我選對了方向。

接下來要做的，就只是沿著溪流走回我們紮營的那片空地。

我又哼起歌來，男孩們把手杖扔進溪裡，我們沿著長著青草的岸邊慢跑起來。

「哇！」我左腳的靴子往下沉，我不由得喊了出來。

我差點摔進一個很深的泥坑中。好不容易把腳拔了出來，靴子全溼透了，褐色的污泥漫到了腳踝上。

派特和奈特樂不可支的大笑起來，舉起手來互擊了一掌。

我朝他們怒吼一聲，但是並沒有浪費半點唇舌。他倆簡直無可救藥，幼稚到了極點。

這句英文怎麼說

他倆簡直無可救藥。
They are hopeless.

現在我迫不及待要回到營地，把靴子上厚厚的泥巴清乾淨。我們沿著溪岸慢跑，然後穿過一片枝幹細瘦的白色樹木，跑進了那片空地中。

「媽！爸！」我急急跑過草地，喊道：「我們回來了！」

我猛地停下腳步，結果兩個男孩都撞到了我身上。

我的目光搜尋著空地。

「媽？爸？」

他們不見了。

3.

「他們扔下了我們！」派特狂亂的繞著空地奔跑大叫。「媽！爸！」

「地球呼叫派特，」奈特邊喊邊用手在派特面前揮舞，「是我們找錯地方了啦，你這膽小鬼。」

「奈特說的沒錯。」我四處張望。這裡沒有腳印，也沒有紮營的痕跡。我們是在另一片空地上。

「我以爲妳知道路的，珍潔。」派特抱怨：「妳在自然營裡什麼都沒學會嗎？」

自然營！

去年夏天爸媽強迫我在一個「探索戶外」的營隊待了兩個禮拜，我頭一天就被毒藤扎到了，從那之後，領隊說些什麼我全沒聽進去。

這句英文怎麼說

我們沿著小溪走吧。
Let's follow the stream.

眞希望我當時認眞一點。

「我們應該在樹上留下記號的，」我說：「好找到回去的路。」

「現在妳想起來了？」奈特翻翻白眼，嘟囔著說。他撿起一根歪扭的長木棒，在我面前揮舞著。

「把那個給我。」我命令他。

奈特把木棍交給我，黃色的汁液滲到我的手掌上，還有股酸味。

「好噁！」我喊道，趕緊扔開木棍，把手往牛仔褲上摩擦，但是手掌上的黃色污跡還是抹不掉。

眞是奇怪，我心想。

不曉得這是什麼玩意，沾在皮膚上的感覺好討厭。

「我們沿著小溪走吧，」我提議道：「爸媽一定就在不遠的地方。」

我試著讓聲音聽起來很鎮靜，但其實我已經完全昏頭轉向了，根本不知道我們身在何處。

我們走出了那片空地，回到小溪邊。太陽在天空中下沉了一些，曬得我脖子後面有些刺痛。

派特和奈特朝水裡扔著鵝卵石，幾分鐘後，他們開始向彼此扔石頭。

我不理會他們，至少他們沒有對著我扔。

我們走著走著，空氣變涼了些，小徑也越來越狹窄。

溪水變得黑暗而深幽，銀藍色的小魚啪的探出水面，細瘦的樹枝朝我們垂落下來。

一股恐懼感襲過我的全身，奈特和派特也安靜了下來，不再互相挑釁了。

「我不記得我們的營地附近有這種灌木。」派特指著一株矮胖的植物，緊張的說。那植物生著奇特的藍色葉子，像是張開的雨傘般一片片重疊著。「妳確定我們走的方向對嗎？」

現在，我很確定我們走的方向是錯的。

我也不記得看過那些奇特的植物。

這時灌木叢另一邊傳來聲響。

「或許是爸媽！」派特喊道。

這句英文怎麼說

我的心臟怦怦的撞擊著胸膛。
My heart hammered against my chest.

我們從矮樹叢中擠了過去，跑進另一片荒僻無人的空地。

我環顧四周，這片草地十分廣闊，大得足夠安紮一百座帳棚。

我的心臟怦怦的撞擊著胸膛。

我們站在鐵銹色的草地上，草的高度蓋過我的腳踝。我們的右手邊長著一叢像是巨大包心菜的紫色植物。

「這地方好酷喔！」奈特喊著：「所有的東西都好大。」

就我看來，這片空地一點也不酷，反而讓我渾身發毛。

四面八方都是奇異的樹木環繞著我們，樹上的枝條與樹幹成直角，像是不斷往上伸展的階梯，一直通上雲霄。

它們是我這輩子見過最高的樹了，而且非常適合攀爬。

紅色的苔蘚黏附在枝條上，黃色的瓢瓜從纏結交錯的藤蔓垂掛下來，在空中晃動著。

我們是在哪？這裡看起來像是個奇異的熱帶叢林——而不像是森林！爲什麼所有的樹木和植物都這麼奇怪？

我的胃像是打了個結。

我們紮營的空地到哪去了？爸媽又在哪裡？

奈特奔到一棵樹旁。「我要爬上去。」他說。

「不行，不可以。」我跑過去阻止他，將他的手臂從枝幹上拉下來。

我的手掌擦到了紅色的苔蘚，碰到苔蘚的皮膚染成了紅色。現在我手上有了一個紅黃摻雜的圖案。

這到底是怎麼回事？我納悶著。

我還沒來得及讓弟弟們看我的手，那樹就搖晃了起來。

「哇！當心！」我大叫。

一隻毛茸茸的小動物從枝葉間跳了出來，落在我的腳邊。我從來沒見過這樣的東西，大小跟花栗鼠差不多，除了一隻眼睛周圍有一圈白毛之外，全身都是褐色的。

牠有著一條蓬鬆的尾巴，兔子般下垂的耳朵，還有海狸般的兩顆大門牙。扁平的鼻子不停抽動，圓睜的灰眼驚恐的注視著我，然後匆匆逃離。

這句英文怎麼說

什麼樣的動物會有這麼大的腳印？
What kind of animal had a footprint that huge?

「那是什麼？」派特問道。

我聳聳肩，心想不知道還有什麼奇怪的生物住在這座森林裡。

「我有點害怕。」派特老實的承認道，並向我挨近了些。

我也感到害怕，但我是大姊姊，只能告訴他一切都會沒事的。

這時我朝下瞥了一眼。「奈特！派特！」我喊道：「你們看！」

我泥濘的靴子正踩在一個比我的腳大三倍的足印中。不——甚至還要更大。

什麼樣的動物會有這麼大的腳印？

是熊嗎？還是巨型的大猩猩？

我並沒有時間細想。

地面開始顫動了起來。

「你們感覺到了嗎？」我問弟弟們。

「是爸爸！」派特說。

那絕對不會是爸爸。就算他的身材很魁梧，也絕不可能讓地面這樣震動！

我聽見遠方某處傳來咕嚕低哼的聲音，接著是一聲咆哮。樹枝在空中應聲劈啪斷裂。

當一頭高大的怪獸從樹叢間大踏步走來時，我們三個全都倒抽了一口氣。牠是如此的高大，頭都碰到了中央的枝條。

怪獸的長頸上長著窄窄尖尖的頭，眼睛像是綠色的彈珠般閃閃發光，渾身覆滿粗濃的藍色毛皮，毛茸茸的長尾巴沉重的敲擊著地面。

這是我有生以來見過最詭異的生物了！

那怪獸走進空地的另一端。

當牠逐漸逼近時，我憋住了氣息。

牠近得讓我看到牠長長的鼻，一對鼻孔開開闔闔的嗅著空氣。

派特與奈特向後退縮，躲在我身後。我們擠作一團，不住顫抖著。

那怪獸張開嘴巴，紫色的牙齦冒出兩排尖利的黃牙。一根長長的、鋸齒狀的獠牙直伸到下巴上。

我的雙手和膝蓋著地，蹲伏在地上，然後拉著弟弟們跟我一起蹲下。

那怪獸轉著圈子，一邊聞著空氣，一邊擺動多毛的尖耳朵。牠聞到我們了

這句英文怎麼說？

這是我有生以來見過最詭異的生物了！
The weirdest creature I'd ever seen in my life!

嗎？牠是在搜索我們嗎？

我不能思考，也無法動彈。

這時，怪獸醜陋的頭轉了過來，瞪視著我。

牠看見我了。

4.

我盯著那怪物，抓住兩個弟弟的T恤，把他們拉到一叢巨大的包心菜後面。

那怪獸在空地的另一邊，笨重的來回踱步，用力嗅著空氣。每當牠毛茸茸的腳掌撞擊地面時，大地似乎都震動了起來。

奈特和派特在我身旁害怕的顫抖著。

那怪獸朝我們的反方向轉過身去。

呼！我鬆了一口氣。幸好牠沒有看見我們。我咬著下唇，兩手仍然緊緊抓著派特和奈特。

「嘎啊啊——」怪獸突然發出低吼，四足落地，將口鼻貼近地面爬了過來，還一邊發出刺耳的吸氣聲。

這句英文怎麼說

那怪獸朝我們的反方向轉過身去。
The beast turned away from us.

我沒有告訴派特或奈特我在想什麼。雖然那怪獸沒看見我們——但是也沒法阻止牠聞到我們的氣味。

牠的長尾巴來回揮動，撞得樹枝砰砰作響，藤蔓上的瓢瓜也紛紛掉落在地。

怪獸爬到了空地中央，越來越接近了。

我捏緊拳頭，指甲陷進手心。

轉過身去，怪獸，我祈禱著，回到森林裡去。

藍色怪獸停下腳步，再次聞嗅著。

接著牠轉了個身，開始朝我們的方向爬來。

我用力的嚥了嚥口水，突然覺得嘴巴好乾。

怪獸的尾巴掃到我們附近的一株包心菜，葉片窸窣作響。

「快趴下！」我壓低聲音，使勁推著兩個弟弟。我們直挺挺的趴在地上。

怪獸在距離我們藏身之處幾呎遠的地方停了下來。

牠的尾巴掃到了我的手臂，毛皮很粗硬，還會刮人。

我趕緊縮回手臂。牠感覺得到我嗎？對牠而言，我是不是就跟一隻小動物沒有兩樣？可以讓牠一把抓起，像弟弟逗弄小狗那樣捏扁我？

那怪獸又站起來嗅著空氣，就聳立在包心菜上方，看起來至少有八英呎高！

牠用長著利爪的拇指摳摳身上的毛皮，然後不知道把什麼東西放進嘴裡。

抽搐的嘴角浮起一個滿意的獰笑，接著朝草地四周凝望。

別朝下看，我祈禱著，別看見我們。

我的身體緊緊繃著。

那怪獸咆哮一聲，用長長的舌頭舔過獠牙，接著大踏步走進樹林中。

我如釋重負的吁了一口氣。

「我們最好等上幾分鐘。」我說。我數到一百後，才從植物後面爬了出來。

已經沒有那怪物的蹤影了。

但接著我又感覺到地面在晃動。

「天啊！」我倒抽一口氣。「牠又回來了！」

5.

那怪獸巨大的藍色頭顱突然從樹叢間冒了出來。牠怎麼能回來得如此之快？而且是從另一個方向？

我們倉皇的躲回巨大包心菜後面。

「我們得離開這裡，」我低聲的說：「如果牠一直這樣來回搜尋，遲早會發現我們的。」

「要怎麼樣才能溜走呢？」奈特問道。

我從地上拾起一顆瓢瓜。「我把瓢瓜扔出去，趁那怪獸轉頭去查看那是什麼聲音時，我們就快跑——往反方向逃走。」

「但是，要是牠看見我們怎麼辦？要是牠追來了呢？」奈特問道。他似乎並

這句英文怎麼說

我如釋重負的吁了一口氣。
I let out a sigh of relief.

不怎麼喜歡我的計畫。

奈特和派特緊張的對望了一眼。

「對呀，要是牠跑得比我們快怎麼辦？」派特質問道。

「不會的。」我在虛張聲勢，但我弟弟並不知道。

我從包心菜頂端偷瞄出去，那怪物站得比先前更近了。牠嗅著空氣，粉紅色的鼻子像條蛇般捲曲著。

我瞥一瞥手中的瓢瓜，接著手臂向後一揮，準備投擲出去。

「等等！」派特低聲說道：「妳看！」

我的手臂僵在原處。又有一頭怪獸大踏步走進了空地。

又是一隻。

接著又是一隻。

我倒吸了一口氣。更多的藍色怪獸踏著沉重的步伐走進空地。

現在我們不可能逃得掉了。

那些巨大的怪獸在空地四處重重踩步，朝著彼此咕噥、吼叫。

這句英文怎麼說

我在虛張聲勢。
I was bluffing.

其中一隻停下腳步，用一種深沉而粗啞的聲音嘰喳個不停。牠下巴底下有塊沒長毛的鬆垂皺皮，不停的來回晃動著。

「瞧瞧牠們！」奈特低聲說道：「至少有兩打。」

一隻小獸小跑步進入空地，牠的毛皮閃著比其他怪獸更明亮的藍色光澤，身高大概只有三英呎。

那是個孩子嗎？一隻幼獸？

那隻幼小的怪獸將粉紅色的短鼻子貼近地面嗅著，塵土和枯葉的碎片沾在牠的鼻頭上。

「牠看起來好像很餓。」派特小聲的說。

「噓——！」我警告他。

那頭小獸急切的抬起頭來朝著我們的方向掃視。

牠的確看起來很飢餓，但牠想吃什麼呢？

我憋住呼吸。

那頭小獸突然從地上抄起一顆瓢瓜，把整顆瓜塞進嘴裡，嘎吱嘎吱的嚼著。

黃色的汁液從牠的口唇間噴出，濕淋淋的流下蓬鬆的藍色毛皮。

牠吃水果！我暗自慶幸。這是個好兆頭，或許牠們是草食性的，我心想。或許牠們不吃肉。

我知道大多數野生動物都只吃一種類型的食物。不是吃肉，就是吃水果和蔬菜。除了熊以外，我突然間想起來，熊兩者都吃。

一隻成獸踏著沉重的腳步走向那隻幼獸，牠猛的將那小東西拉得站了起來，生氣的對牠嘰喳訓斥，然後將那小獸拖回樹林去。

接著，那隻有著鬆垂皺皮的怪獸踏進了空地中央。

「咯呃！」牠朝其他怪獸噴著鼻息，用一隻毛茸茸的爪子揮著圓圈，同時還比手畫腳，嘰咕個不停。

其他怪獸點著頭，互相咕噥著。牠們似乎了解彼此的意思，彷彿在講著某種語言。

那頭巨獸最後又呼嚕一聲，其他怪獸紛紛掉過頭去，轉向樹林。牠們分散開來，沉默的往樹叢中走去。地面在牠們沉重的腳步下顫動，小枝和樹葉紛紛劈啪

這句英文怎麼說

這是個好兆頭。
That was a good sign.

折斷、碎裂。

幾秒鐘之內，牠們全都消失了。空地上一片空曠。

我再次吁了一口長氣。

「牠們到底在做什麼呀？」派特問道。

奈特抹去額頭上的汗珠說：「牠們好像是在搜尋什麼東西，在獵捕什麼。」

我用力嚥著口水。

我知道牠們在獵捕什麼。

牠們在獵捕我們。

而現在牠們有這麼多隻，分散到每一個方向。

我們完全沒有機會。

牠們會抓到我們的。

然後呢？

6.

我慢慢站起身來，轉了個三百六十度的圈子，查看四周還有沒有那些長毛怪獸的蹤影。

牠們低沉的咕噥和吼聲逐漸在遠方淡去，地面也停止了震動。

一陣冷風吹過空地，吹得樹上的瓢瓜互相碰撞。一種詭異的旋律在樹梢間呼呼嗚響。

我打了個冷顫。

「我們馬上離開這裡吧！」奈特喊道。

「等等！」我抓住他的手臂阻止他，「那些怪獸還沒走遠，牠們會看見或聽見我們的。」

這句英文怎麼說

他想唬誰呀？
Who was he kidding?

「是喔，反正我不要待在這裡了，我寧願用盡全力跑，逃得越遠越好！」

「我跟你一起走，」派特也跳了起來。「但是我們該走哪條路呢？」他問道。

「我們現在哪兒也不能去，」我爭辯道：「我們迷路了，不知道該走哪條路，所以必須待在這兒。爸爸媽媽會來找我們的，我知道他們會的。」

「要是他們找不到呢？萬一他們也遇上麻煩了呢？」奈特問道。

「爸爸知道如何在森林中生存，」我堅定的說：「但是我們不知道。」

至少我不知道。要是我在自然營有注意聽講就好了。

「我可以的！」派特嘀咕著，「我能照顧自己，對不對，奈特？我們走吧！」

他想唬誰呀？他根本不喜歡森林。

偏偏他又很頑固，一有了想法，沒人能讓他回心轉意，而奈特總是和他一個鼻孔出氣。唉，雙胞胎嘛！

「珍潔——妳來還是不來？」派特問道。

「你們瘋了，」我對他說：「我們必須待在這兒，這是規矩，記得嗎？」

爸媽總是告誡我們，萬一我們走失了，就要待在原地。

「但是爸媽只有兩個人——我們卻有三個，」派特爭辯道，「所以應該是我們去找他們。」

「但是……走失的又不是他們！」我反駁。

「我認為我們應該走，」派特又回話，「我們必須遠離那些醜陋的怪獸！」

「好吧！」我對他們說：「要走一起走，至少我們三個要在一塊兒。」

我仍然認為他們是錯的，但是我不能讓他們自己走開。萬一有什麼可怕的事情發生在他們身上，那怎麼辦？

再說，我也不願意獨自留在這片奇怪的森林裡。

當我轉身跟隨他們時，我瞥見什麼東西在草叢中移動。

「那是……那是……牠們！」奈特結結巴巴的說：「牠們回來了！」

我驚恐的注視著草地。

「快逃啊！」派特尖叫著衝過空地。

一隻松鼠從草叢中竄了出來。

「派特，等等！」奈特喊道。

這句英文怎麼說

那只是一隻松鼠！
It's only a squirrel!

「那只是一隻松鼠！」我大喊。

他沒聽見我們的話。

奈特和我跑了起來，跟在派特後頭追趕。

「派特！喂——派特！」

我沒看見那根從地面伸出來的粗大纏結的樹根，結果絆了一跤，重重的跌了個狗吃屎。我躺在地上，只覺得一陣天旋地轉。

奈特在我身邊跪下。他抓住我的手臂，扶我爬了起來。

我抬頭向前望，派特已經消失在樹林裡了，到處都瞧不見他。

「我們一定得追上他。」我上氣不接下氣的對奈特說。我直起身子，拍掉膝蓋上的塵土。

地面又震動了起來。

「噢，糟了！」奈特呻吟道。

那些怪獸回來了。

我倏的轉身，那些藍色的龐然巨獸推開樹木朝我們逼近過來。我數了數，我

們的後面有四隻，左邊有三隻，右邊有五隻。

我數不下去了。

牠們的數目太多了。

那頭巨大的領頭怪獸咆哮幾聲，將毛茸茸的爪子高高舉在空中，指向我們。其他的怪獸呼嚕嚕的叫嚷，發出興奮的呼喊。

「牠們逮到我們了！」我呻吟著說。

「珍潔……」奈特低聲耳語，驚懼的睜大眼睛。我抓住他的手，緊緊握著。

怪獸逐漸逼近，把我們團團圍住。

現在無處可逃了。

「我們被困住了。」我低聲說道。

那些怪獸開始咆哮。

這句英文怎麼說

汗珠從我額頭淌下，流進眼睛裡。
Sweat ran down my face into my eyes.

7.

在牠們嗡嗡的低吼聲中，我又聽見了瓢瓜間嗚嗚響的詭異旋律。

奈特緊緊縮在我身邊。「牠們抓到我們了，」他低聲說道：「妳覺得……妳覺得牠們抓到派特了嗎？」

我答不出來，半句話也說不出來。只感到虛弱而無助。

汗珠從我額頭淌下，流進眼睛裡。我想要抹去汗水，卻無法抬起手來。

我嚇得無法動彈了。

這時那頭有著鬆垂下巴的怪獸走上前來，在距離我們幾吋的地方停住。

我慢慢抬起眼睛，盯著牠毛茸茸的肚子，然後是牠寬闊的胸膛。我看見閃亮的黑蟲子在牠毛皮間爬著。

我抬頭看著牠的臉，牠綠色的眼睛正向下瞪視著我，還張著大嘴。我無助的看著牠長長的獠牙，尾端還裂了個缺口。

吃水果不需要這樣的牙齒吧！我想。

那怪獸挺直了身子，將一隻毛茸茸的爪子高高舉起，準備攻擊。

奈特挨得更緊了，我幾乎可以感覺到他的心臟透過T恤在跳動。或者，那是我自己的心臟在狂跳。

那怪獸咆哮一聲，一掌揮來。

我緊緊閉上眼睛。

我覺得肩上被拍了一下——力道大得令我向後倒去。

「妳是鬼！」那怪獸喝道。

這句英文怎麼說

我驚愕得張大了嘴。
My mouth dropped open in astonishment.

8.

什麼？我驚愕得張大了嘴。

「換妳當鬼。」那怪獸又說了一次。

我張口結舌的看著奈特，他也訝異的瞪大了眼。

「牠……牠會說話！」奈特結結巴巴的對我說：「而且是講我們的語言！」

那怪獸朝奈特皺皺眉。「我能說好多種語言，」牠咆哮著說：「我們有通用語言轉換器。」

「噢……」奈特虛弱的回道，和我交換了驚駭的眼色。

那怪獸又號叫一聲，朝我逼近一步。「妳聽到了沒有？」牠吼叫著，「妳是鬼！」

那彈珠般的眼睛瞪視著我，一隻腳爪不耐煩的叩著地面。

「這是什麼意思？」我問道。

那怪獸咕噥幾聲，然後說：「妳是『東方妖獸』！」

「你在說些什麼呀？我不是妖獸，我是個女孩！」我說道：「我叫珍潔．伍德。」

「我是佛萊格，」那怪獸搥搥自己的胸膛，接著用爪子比比身旁一頭缺了一隻眼睛的怪獸。「這是史波克。」佛萊格一邊介紹，一邊拍拍那怪獸的背。

史波克朝我和奈特呼嚕幾聲，我凝視牠那深黝空洞的眼眶，看見牠鼻子旁邊有一道深深的黑色疤痕。

少了一眼，還有一道傷疤。這頭大怪獸一定經歷過一場慘烈的搏鬥。我希望搏鬥的對象不是人類，如果史波克打贏了，那輸的一方一定慘不忍睹！

奈特目瞪口呆的看著史波克。

「呃，這是我弟弟奈特。」我急忙說道。

史波克咆哮一聲，當作回答。

這句英文怎麼說

這就是問題所在。
That's the problem.

「你們有看見我爸媽嗎？」我問佛萊格，「是這樣的，我們是來這裡露營的，不過我們走散了，要趕緊回到原處會合，然後回家。所以，我們得先告辭——」

「還有別人嗎？」佛萊格銳利的環視著空地。「在哪兒？」

「這就是問題所在，」奈特回答，「我們找不到他們。」

佛萊格嘟囔幾聲。「如果你們找不到他們，他們就不能玩。」

「對，這是規矩。」史波克表示同意，一邊搔著在牠毛皮間亂爬的蟲子。

「現在開始行動吧，」佛萊格命令，「天色不早了，現在換妳當鬼。」

我不解的看著奈特。這太詭異了，牠究竟是什麼意思——什麼叫他們不能玩？幹嘛又一直說我是鬼？牠們是要玩捉鬼遊戲還是怎麼著？

那群怪獸開始用力的跺腳，震得地面晃動不已。

「快玩……快玩……」牠們不停的催促著。

「玩什麼呀？」我問：「這真的是遊戲嗎？」

史波克的眼珠鼓了出來，醜怪的粉紅色口顎底下泛起一個大大的微笑。「最棒的遊戲，」牠說：「但是妳動作太慢，不可能贏的。」

史波克搓著雙掌，用舌頭舔了舔上排的牙齒。

「妳應該快跑。」牠咕噥說道。

「是呀，快跑，」佛萊格命令我：「在我數到『牾』之前。」

「等等，」我抗議道，「要是我們不想玩呢？」

「是呀──我們爲什麼要玩呢？」奈特也跟著質問。

「你們一定得玩，」佛萊格回答，「看看那邊的標示。」

牠指著釘在一棵瓢瓜樹上的硬紙標牌，上頭寫著：遊戲當令。

佛萊格低頭瞪著我們，威脅似的瞇起眼睛，潮濕的鼻孔不停掀動著。然後咧嘴笑了起來，怎麼看都不是友善的笑法。

「遊戲當令？」奈特用顫抖的聲音讀著那個標誌。

「你得告訴我們怎麼個玩法，」我說：「我們總不能不知道遊戲是什麼就去玩呀。」

史波克從喉嚨深處發出一聲號叫，朝我逼近了些，近得我都聞得到牠皮毛的氣味，眞是酸臭逼人！

這句英文怎麼說

這是個生存遊戲！
It's a game of survival!

佛萊格伸出一隻爪子，將牠拉住。

「這是個很棒的遊戲，」佛萊格對我們說：「非常刺激。」

「呃……怎麼個刺激法？」我問道。

牠的眼睛瞇了起來。

「這是個生存遊戲！」牠露齒獰笑。

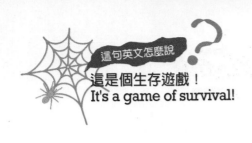

9.

生存？

不要！我才不玩呢！

「妳的時間，是到太陽沉到咕啦柳後面爲止。」佛萊格宣告。

「咕啦柳是什麼？」奈特問道。

「它又是在哪兒呢？」我想要知道。

「在森林的邊緣。」佛萊格用爪子朝樹林一揮。

「哪個邊緣？在哪兒？我們怎麼知道是哪棵樹呢？」我追問道。

佛萊格對史波克咧嘴一笑，兩人喉嚨裡都發出詭異的嗆咳聲。

我看的出來牠們是在笑，其他的怪獸也跟著怪笑了起來。聲音眞是難聽極

這句英文怎麼說

輸的人會怎樣呢？
What happens to the losers?

了，與其說是笑聲，還比較像是窒息的哽咽聲。

「除非知道更多，否則我們不能玩這遊戲。」我喊道。

笑聲停止了。史波克搔搔胸膛上的蟲子。「遊戲很簡單，如果太陽下山時妳還是鬼，妳就輸了。」牠對我說。

其他怪獸呼嚕著表示同意。

「那輸的人會怎樣呢？」我用顫抖的聲音問道。

「我們會啃他們。」佛萊格回答。

「你說什麼？」我問道：「啃他們？」

「是的，我們會一點一點的啃他們，直到晚餐時間，然後把他們吃掉。」

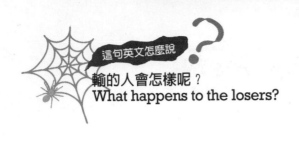

10.

圍在我們四周的怪獸又爆出一陣笑聲，那噁心的哽咽聲讓我作嘔。

「這不好玩！」奈特尖叫道。

佛萊格瞇起眼睛瞪著我們說：「這是我們最愛的遊戲。」

「可是，我不喜歡你們的遊戲！」奈特喊道。

「我們不要玩這個遊戲，我們不想玩。」我也跟著答腔。

史波克眼睛一亮。「妳是說你們要投降？要放棄？」牠飢渴的張開嘴唇。

「不！」我警覺的大喊。奈特和我往後一跳。「我們要玩，但是要照規則來。你們得告訴我們規則，所有的規則。」

一朵雲從頭頂飄過，在空地投下一片陰影。我打了個哆嗦。

這句英文怎麼說

沒時間解釋了。
No time to explain.

如果我們不想玩，牠們會攻擊我們嗎？

「烏雲掩護！」史波克突然喊道。

「烏雲掩護！」佛萊格也跟著說了一次。

什麼？

「這是怎麼回事？」我追問。

那朵雲緩緩飄走了。

「沒時間解釋了，」佛萊格說道，一面朝其他怪獸揮揮爪子。「我們走吧，」牠堅決的說：「暫停的時間太久了。」

「這不公平！」奈特抗議，「拜託，我們必須知道規則。」

「好吧，」佛萊格一邊轉身要走，一邊解釋，「首先——妳永遠只能從東邊攻擊。」

「東邊？」我喃喃的說，同時舉起一隻手來擋光，並掃視著空地。

東，南，西，北。我想像一幅地圖，東方是在我的右邊，西方是在左邊，但是在這片森林裡，到底哪邊才是東邊呢？爲什麼我在自然營沒有好好聽課呢？

「還有——褐色方塊是自由午餐區。」佛萊格接著說明。

「你是指休息的地方嗎？那兒是安全的？」我問道。我喜歡這條規則，或許我們可以找到一塊褐色區域，在那兒待到日落。

佛萊格嗤之以鼻。

「不，自由午餐，意思是任何人都可以把妳吃掉！」牠朝我瞪瞪眼。「第『犄』條規則，」牠宣布道：「你必須要有三呎高才能參加遊戲。」

我瞧了瞧那群怪獸，牠們至少都有十呎高！這條規則不是廢話嗎！

「呃，謝謝你的說明，」我搖搖頭說：「但是我們眞的不能玩這遊戲，我們必須找到父母，然後——」

「你們非玩不可！」佛萊格咆哮道：「妳是鬼，是東方妖獸。快玩——否則就投降。」

「太陽很快就要下山了。」史波克舔著牠的獠牙，加上一句。

「妳的時間是到太陽沉到咕啦柳後面爲止，」佛萊格說：「到時候誰是東方妖獸，誰就輸了。」

這句英文怎麼說

你必須要有三呎高才能參加遊戲。
You must be three feet tall to play.

史波克發出猙獰的笑聲。「妳會是一個美味可口的輸家，我想配上糖醋醬或許很不錯，或者辣一點會更好吃。」

那些怪獸全都嗆聲獰笑起來，覺得史波克逗趣極了。

佛萊格轉向樹林，接著又停下腳步。「噢，」牠邪惡的咧嘴一笑說：「祝你們好運。」

「祝好運。」史波克也說。一隻手指戳進空洞的眼眶中，摳著裡頭，然後轉過身去，跟在佛萊格後面離開了。

其他怪獸也都尾隨在後，地面在牠們沉重的腳步下震動。不一會兒，空地又恢復空蕩蕩的一片。

我目瞪口呆的看著奈特。

這才不是什麼遊戲！這群邪惡的怪物在森林中搜尋迷路的小孩，然後牠們——

「我們現在該怎麼辦？」奈特擔心的問，「或許牠們已經吃掉派特了，說不定牠們在自由午餐區發現了他。」

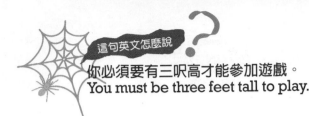

「還有爸爸和媽媽。」我喃喃的說。

他害怕得倒抽一口氣。

「一定有某個安全的地方！」我對他說：「就像我們在家裡玩捉鬼遊戲時門廊的作用。」

奈特緊張的吞著口水。「但是哪裡才安全呢？」

我聳聳肩。「我不知道。」我承認。

「我們可以喊暫停呀，」奈特提議，「每種遊戲都可以喊暫停的。」

「這次不同，牠們是想要我們的命。」我輕聲說道。

頭頂的樹梢枝葉沙沙響著，風吹得瓢瓜嗚嗚嗚響。

附近傳來一聲低吼，然後是一頭怪獸的笑聲，那種可厭的哽咽聲。小樹枝劈啪斷裂，灌木叢左右搖擺，我聽見低沉的呼嚕聲。

「我們最好開始玩吧，」奈特催促著，「牠們聽起來很飢餓。」

11.

「怎麼玩？」我喊道：「我們根本贏不了。牠們的數目太多了，而我們甚至不知道那棵咕啦柳在哪兒。」

「那又怎樣？」奈特質問道：「我們別無選擇，不是嗎？」

橫在我們頭頂的樹葉窸窸窣窣的響了起來，樹枝也開始劇烈搖晃。

砰！

我尖叫一聲，往後跳開。

某個棕色的小東西落在我腳邊的地上。

是我們之前看過的棕色小動物。牠挨著我的腿摩蹭著，發出嬰兒般的咯咯聲。

「至少這些小傢伙沒那麼惡劣。」奈特說道，一邊伸出手要去摸牠。

那動物冷不防的朝奈特的手猛咬了一口，四排銳利的小牙齒箝得緊緊的。

「哇啊！」奈特連忙把手縮了回來，並往後一跳。接著那動物快步跑進了矮樹叢。

奈特用力吞著口水。「真是怪呀，」他喃喃的說：「這究竟是哪門子森林呀？怎麼都沒有正常的動物呢？」

「噓！」我皺起眉頭，將一隻手指比在嘴唇前。「你聽。」

「我什麼也沒聽見呀。」奈特抱怨道。

「沒錯。」我回答。

呼嚕聲、咆哮聲，和窒息般的笑聲都消失了。森林中一片寂靜，非常安靜。

「現在機會來了！」我抓起他的手說：「我們快逃。」

「等等！」奈特問我，「往哪兒去呢？」

我瞇起眼環視整片空地。「回到小溪旁邊，」我說道：「我們說不定可以沿著小溪回到爸媽那裡，或許會在水邊聽見他們的聲音。」

這句英文怎麼說

至少這些小傢伙沒那麼惡劣。
At least these little guys aren't mean.

「好。」奈特同意道。

我們快步奔過空地，衝進森林中，然後擠身穿過層層濃密的樹叢。

我觀察前方的樹林。「往這邊走！」我指著左邊說。

「爲什麼？」奈特問道。

「因爲，」我不耐煩的說：「我看見前面樹叢間有光線透出來，這表示樹林越來越稀疏了。溪邊的樹木比較少，記得嗎？」

我急忙往前奔去，奈特跟在後面，我們靜靜的跑了一會兒。樹林的確逐漸稀疏了，不久，地上出現零星的雜亂灌木叢。

「那邊！」我停下腳步，奈特險些撞在我身上。「就在前面。」

「小溪！」奈特高興的喊道，一邊舉起手來和我互擊一掌。

我們興奮不已的繼續奔跑，兩人大約同時衝到了溪邊。

「現在怎麼辦？」奈特問道。

「再往左邊走吧，」我提議，「我們出發的時候陽光照著我們的眼睛，所以現在應該要讓它在我們背後。」

沒錯！我心想，我們一定是走在來時的路上。現在我們只需沿著小溪走回正確的空地，就能回到父母身邊。

「伏低一點，」我對奈特說：「試著別發出任何聲音，以防萬一。」以防萬一那些怪獸在跟蹤我們。「同時留意派特的蹤跡。」我又加上一句。

我不知道派特是否還在森林裡，希望他已經成功回到營地了。但是他也可能在任何地方，也許正害怕又孤單的躲在附近某處。

想到派特可能是多麼的害怕，頓時讓我勇敢了起來。我們必須保持冷靜，這樣才能幫助派特。

我們彎低身子，沿著溪流快步走著，從生長在溪邊的傘狀灌木間擠身前進。

我仍然可以看見銀藍色的小魚在水面附近兜圈子。

我看著那些小魚，腳下卻絆了一跤，連忙抓住傘狀灌木的葉片來穩住自己。那葉片在我手中碎裂，藍色的汁液染上了我的手指。

別又來了！又是一種顏色。黃色、紅色，現在又是藍色。

「珍潔，快到這兒來！」

這句英文怎麼說

試著別發出任何聲音。
Try not to make any noise.

奈特的叫聲令我吃了一驚，我趕緊奔到他身邊。

奈特指著地上。

我向下望去，擔心我會看到什麼。

「是個腳印。」我皺皺眉，但緊接著高呼一聲。

奈特的靴子踩在那腳印裡頭，完全吻合，跟他的腳大小一模一樣。

「派特！」我們異口同聲的說。

「他來過這兒！」奈特開心的說。

「是呀！」我很高興派特找到返回溪邊的路了。

「或許他已經回到營地了，」奈特興奮的說：「我們可以跟著他的足跡走。」

於是我們急切的往前走。每踏出一步，就想著當奈特和我出現在營地時，迎面而來的是爸媽和派特的笑臉。

派特的腳印沿著溪流走了一陣子，然後又拐進森林裡去了。

我們跟著這些腳印穿過樹叢，發現自己走上一條狹窄的小徑。這裡的樹長得十分茂密。

頭頂的太陽已經從視線消失了。

空氣變得又濕又冷。

我聽見熟悉的咆哮聲。

就在我們後面。

接著地面開始震動。

「怪獸來了！」我大叫：「快跑！」

我推著奈特往前跑，並沿著小徑狂奔。那小徑拐到右邊，然後又轉回左邊，現在我完全不知道自己是朝哪個方向跑了。

枝條抽打著我們的臉，我掙扎著要把它們拂開。樹枝在我們頭頂搖晃不已，瓢瓜紛紛砸在我們四周的地上。

突然有某種濕濕暖暖的東西纏上了我的手臂，我掙脫開來，接著又是一條濕滑的東西纏住了我。

是藤蔓。

粗大的黃色藤蔓。

這句英文怎麼說

我聽見熟悉的咆哮聲。
I heard a familiar growl.

有些藤蔓從樹枝上垂掛下來，懸盪到林間的地上；還有一些從樹幹間冒了出來，彼此糾纏著，在樹與樹之間交織成密密的網。

有些藤蔓橫伸到小徑上，奈特和我必須不斷扭身跳躍，避開路上的藤蔓。

這樣跑跳十分辛苦，奈特開始粗重的喘著氣。

我的腹側在發疼，呼吸也變得又短又急促。

我很想休息，但卻不能停下來。我們腳下的地面不停的震動，森林中迴響著雷鳴般的吼聲。

那群怪獸正朝著這邊過來，而且逐漸逼近我們。

「當心！」奈特警告道。

眼前有一片由藤蔓糾結而成的密網橫在路上。

奈特跳過那片密網，順利通過了。我鼓足力氣往前跳，跳得很高。

但還是不夠高。

藤蔓纏住了我的腳踝，我跌倒在地。

更多粗大的黃色藤蔓纏上了我的雙腿，我狂亂的抓住它們，想將它們扯開。

但藤蔓往回拉扯。力道好大。

「奈特！」我大聲呼救：「快幫幫忙！」

「我被纏住了！」他勉強喊出聲來，聲音很沙啞。「快救救我，珍潔！」

我救不了他，我自己也動彈不得。

我朝下看著我的雙腿，那些藤蔓拉扯得越來越緊了。

又有一根藤蔓攀上了我的腰。我目瞪口呆的看著它。

那些閃閃發亮的是什麼東西？

眼睛？

「眼睛！」我喊了出來。

藤蔓是不會有眼睛的！

我這才明白我正注視著什麼東西。

那些藤蔓並不是藤蔓。

是蛇！

這句英文怎麼說

我被纏住了！
I'm stuck!

12.

我尖叫起來。

「珍潔！」奈特在我身後哀號著，「這不是藤蔓，它們是——是蛇耶！」

「說些我不知道的事吧！」我呻吟道。

纏在我腰間的那條蛇展開身子，爬上我的右臂。牠身上覆蓋著的粗厚鱗片，摩擦著我光滑的皮膚。

我深吸一口氣，用左手握住那條蛇的身軀。是溫熱的。

我用力一拉，想把牠扯開。

沒有用。

那條蛇在我手臂上纏得更緊了。冷酷的眼睛還朝上瞪了我一眼，一伸一縮的

吐著舌信。

我感覺到有什麼東西擦過了我的大腿，於是向下一看。

又有一條蛇爬到我身上。

汗珠從我額頭上滑下來。

「珍潔！救救我！」奈特大聲哀求道，「牠們爬滿我全身了！」

「我……我也一樣！」我結結巴巴的說。我看了看弟弟，他的眼睛驚恐的鼓脹出來，全身扭曲蠕動著，想要掙扎脫身。

纏繞在我大腿上的那條蛇抬起頭來，用那雙銳利的眼睛緊盯著我。在我手臂上的那條蛇則纏得越來越緊——緊得連我的手指都麻木了。牠發出嘶嘶聲，一聲很長很慢的嘶聲，好像全世界的時間都是牠的。

「牠們要攻擊了！」奈特用哽咽的聲音喊道。

我沒有回答。一截粗硬的舌頭舔上我的脖子。

很冰冷。

牠們的舌頭是冰冷的。

這句英文怎麼說

他們爬滿我全身了！
They're climbing all over me!

而且還刺刺的。

我緊緊閉上雙眼，屏住呼吸。

別咬我，拜託別咬我，我祈禱著。

一聲咆哮驚動了我們周圍的灌木叢。

佛萊格從灌木叢中跳了出來，盯著我和奈特，嘴巴張得老大。

「嘎啊啊——！」

我倒抽了一口氣。

我注意到佛萊格看見那些蛇時，訝異的瞪大了眼睛。「雙蛇眼！」牠喊了出來。

我害怕得渾身顫抖，張口結舌的看著牠。

雙蛇眼？

那是好——還是不好？

13.

「恭喜！妳獲得了『雙蛇眼』！」佛萊格喊道，一邊驚奇的搖著頭。「妳還說妳從來沒玩過這個遊戲！」

那蛇纏得更緊了。

我瞪著牠。「你在說些什麼呀？」勉強擠出這句話。

「二十分——我就是在說這個。」那巨獸咕噥著說：「我最好加把勁了，否則可能會讓妳贏了！」

「誰在乎贏不贏呀！」我尖叫道：「我沒法呼吸了！快把這些蛇弄掉！」

佛萊格咧開嘴。「弄掉？」牠放聲大笑，下巴底下皺褶的鬆皮晃個不停。「妳眞會說笑。」

這句英文怎麼說？

他們很怕癢。
They're ticklish.

「我們是認真的，」奈特懇求的說，「快把牠們從我們身上拿掉！」

佛萊格似乎很困惑。「爲什麼？」牠問：「牠們可能會咬你們哩。」

「我們知道！」我尖叫道：「救救我們……求求你！」

那蛇朝著我的臉頰吐信，我的胃腸翻攪不已。

佛萊格露齒而笑。「如果牠們咬了妳，妳就能獲得『三重蛇吻』的獎賞耶，」牠繼續解釋，「價值六十分哦。」

被咬還能得分，這是什麼鬼遊戲呀！

「別管分數了！」我吼著，「把牠們弄走！快！」

佛萊格聳聳肩。「好吧。」

牠走近我身邊，把爪子戳到纏繞我手臂的那條蛇底下。「妳得有爪子才能做得好。」牠得意的說。

佛萊格用爪子搔刮那條蛇的皮膚。我感覺到那蛇的箝箍鬆開了。

「牠們很怕癢。」佛萊格一邊解釋，一邊把那條蛇扯掉，扔進樹林中。

牠又去搔另一條蛇，然後將牠從我腿上拉開。接著牠轉向奈特，重複同樣的

動作，給蛇搔癢，再把牠們給扯開。

佛萊格把蛇都扯完後，突然往樹林邊緣跳躍過去。

我掙扎著站了起來，揉著我的手臂和大腿。我渾身又癢又麻，這些蛇一定會害我做惡夢的！

佛萊格那毛茸茸的頭從一棵樹後探了出來。「妳剛才可以捉到我的，」牠喊道：「太可惜了。」

牠發出那種窒息似的笑聲，鑽進樹林中消失了。

我張大嘴巴，難以置信的望著牠的背影。

「捉鬼！」奈特恍然大悟的說：「現在我明白了，這就像是捉鬼，規則很簡單，」他轉身面對著我。「只要拍到一頭野獸，妳就不再是鬼了，就不是東方妖獸了。」

一說完，奈特拔腿便跑，追趕佛萊格。

「等等，奈特！」我跟在他後面跑著。突然間我踩到某種硬硬的東西，聽見喀拉一聲。

這句英文怎麼說

你剛才可以捉到我的。
You could have tagged me.

接著又是喀拉一聲。

我朝下一看。

「奈特！停下來！」我尖聲叫道。

我看見腳邊有一塊橘色的石頭，便將它拾起，朝奈特扔去。

「喂——快停下來！」

我瞄瞄我的手，是橘色的。剛才抓著石塊的手指都變成了橘紅色。

那石塊砸在一根樹幹上。奈特停下腳步，轉過身來對我喊道：「妳幹嘛朝我扔石頭？」

「爲了讓你停下來。」我回答。

「聽著，珍潔，」奈特不耐煩的說：「妳得捉到一頭怪獸，只有這樣才能贏得遊戲，才能保住性命。」

「我不這麼認爲。」我盡可能保持語氣平靜。

奈特皺了皺眉頭。「妳是怎麼搞的呀？這就跟捉鬼一樣啊。」

「不，」我對他說：「這跟捉鬼不一樣，這並不是我們平常玩的遊戲。」

我指著地面。

奈特走近幾步，朝下注視我指著的地方。

他倒抽一口氣。

「那是什麼？」他問道。

這句英文怎麼說

我指著地面。
I pointed at the ground.

14.

「骨頭，」我喃喃的說：「一堆動物的枯骨。」

奈特和我凝視著地上。那堆枯骨在陽光下冷冷的閃著微光，骨頭被啃得乾乾淨淨的。

「你還注意到什麼別的嗎？」我指著枯骨旁邊的地面。

「什麼？」奈特皺皺眉。

「地面是褐色的，」我說：「枯骨底下的草地，是個褐色的方形區塊。」

自由午餐。

奈特用力吞著口水。

「是怪獸吃了牠，」他低聲說道：「不管牠是什麼。」

我把雙臂環抱在胸前，嚴肅的對他說：「這和捉鬼遊戲不一樣，奈特，」我的目光無法從那可憐的動物枯骨上移開。「這是個死亡遊戲。」

「要是我們輸了才會死，」奈特說：「珍潔，我們剛剛才見過佛萊格，牠救了我們。」

「那又怎樣？」我問道。

「所以，我們要讓牠再救我們一次。」

「那要怎樣才能辦到？」

奈特咧嘴一笑。「很簡單，我們可以騙牠，假裝我們需要幫忙，假裝妳又被蛇纏住或什麼的。」

「是喔。」我翻翻白眼。好像我眞的願意讓佛萊格再次走近我似的。

奈特抓住我的手臂。「這會行得通的。妳大喊救命，佛萊格就會過來，接著妳再跳起來拍牠，多簡單呀。」奈特將手指一彈。

我搖搖頭。「算了吧，我要再去找那條小溪，離開這兒。」

「妳爲什麼這麼頑固呢？」奈特喊道。

這句英文怎麼說

妳為什麼這麼頑固呢？
Why are you so stubborn?

「因爲我是鬼！」我尖聲吼道：「我是那個要被吃掉的人！」

「我……我只知道如果我們努力嘗試，就能贏的。」奈特低聲說道。

我深吸了幾口氣，試著祛除胸中的恐慌。

「好吧，」我終於開口，「好吧，好吧。我會試試看，現在該怎麼做呢？」

15.

奈特朝我笑了笑。

「首先，我會爬上一棵樹，」他說：「在樹上觀察怪獸藏匿的地點。」

我仰望我們四周高大而茂密的樹木。

我考慮著。只要捉到一頭怪獸，隨便一頭都行。

「就這麼辦吧，」我對奈特說：「但是別在上頭待太久。」

奈特在林中搜尋最合適的樹。「那一棵。」他終於說道。

那棵樹很高大，數十根強韌的樹枝從側邊伸展出來，每根枝條中央都有一個堅硬的大結瘤，枝上覆滿小小的金色葉子。這樹看起來很結實，足以支撐奈特。

「這容易得很，」他向我保證，「就像爬梯子一樣簡單。在這上頭我可以看

見所有的東西。」

我在樹根邊等他。

奈特先踏出一腳，踩上最矮的枝條，把自己撐了上去。

然後慢慢的、穩穩的爬著。

「看見什麼了嗎？」我焦急的問。

「我看見一個奇怪的鳥巢，」他朝下喊道：「裡頭有好大的鳥蛋。」

「那些怪獸呢？」我問道：「你看見牠們了嗎？」

「還沒。」奈特爬得更高了些。幾秒鐘後，他就從我的視線中消失了。

「奈特！你聽得見我嗎？」我用雙手圈住嘴巴大喊。「奈特！你在哪兒？回答我！」

我繞著樹跑來跑去，從枝葉的縫隙向上望，看見奈特正在靠近樹頂的地方。

他小心翼翼的移動著，先放開一根枝條，接著又攀上更高一點的枝條。樹的頂端巍巍顫顫的晃動著。

我緊張的屏住呼吸。

這句英文怎麼說

這容易得很。
This is a cinch.

或許這並不是個好主意。

萬一我得爬上去救他的話。

「奈特！」我喊到喉嚨都發疼了。「當心啊！」

忽然間，樹幹開始左右搖晃。起先很緩慢，接著越來越劇烈。

一小塊一小塊樹皮鬆脫下來，緩緩盤旋著飄落到地面。

粗大的枝條颼颼的來回揮動，每根枝條的中央都開始彎曲。

在那結瘤的地方。

我瞪大眼睛注視著。這些枝條讓我想起什麼東西，某樣熟悉的東西。

手臂，我恍然大悟。那些結瘤就像是手肘，而枝條就像是巨大的手臂，往前伸展著……

我眨了眨眼睛。我剛看到什麼了嗎？

那些枝條的確是在伸展。

朝奈特伸展過去。

「奈特！」我尖聲大叫。

這句英文怎麼說

那些結瘤就像是手肘。

The knots were like elbows.

在我頭頂的高處，奈特正抓著一條細長的樹枝。

「奈特！」我狂亂的繞著樹根奔跑，用拳頭捶打著樹幹。

「奈特！快下來！」我大喊：「這棵樹是活的！」

16.

奈特從樹頂往下看著我。「出什麼事了？」他向下喊道。

「快下來！」我尖叫道：「這些樹枝——」

來不及了。

較高的枝條抓住了奈特的手臂，將他的雙臂反綑。我看到他被嚇得喘不過氣來。

其他的枝條也揮了過來，不停的抽打著他。

「珍潔！」奈特哭喊：「救命呀！」

我該怎麼辦？

兩條較低的樹枝也朝奈特伸去，我驚慌的往上看。頂上的樹枝將他傳遞給下

這句英文怎麼說

我看到他被嚇得喘不過氣來。
I saw him gasp in shock.

層的枝條。

那些枝條裹住了他，綁得緊緊的。

這不是眞的！我安慰自己。這不可能是眞的！

「放開我！放開我——！」奈特的腳懸盪在半空，猛力踢著那棵樹。

更多枝條抽過去，有些緊緊的纏住他，其他的枝條則向他揮擊，鞭打著他。

那些枝條將奈特往下傳送。

直到把他遞送到樹幹的中央。

那裡的枝條最爲粗大。

也就是樹的手臂最粗壯的地方。

奈特大喊大叫，雙腳一次又一次向外踢，枝條逐漸將他的雙腿包裹起來。

要爬上去救他是不可能的，每根枝條都抓狂似的亂揮亂打，即使是那些搆不到奈特的細小枝條也都向上攫抓，奮力要抽打到他。

就在我無助的注視下，那些最粗大的枝條把奈特向中央拉進去。

他消失不見了。

「救命呀！」只傳來隱約的求救聲，「珍潔——這樹要把我吞掉啦！」

我一定要想想辦法，得想個法子把他從這棵吃人的樹精口中救出來。

但是我該怎麼做呢？

我們曾經擺脫了那些蛇，現在我們也得擺脫這些樹枝才行。只要……

有了！

我想到了個瘋狂的主意，或許……只是或許，它會管用。

如果這棵樹是活的，也許它會有感覺。我盤算著。

它若是有感覺，說不定也會怕癢——就像那些蛇一樣。

「珍潔！救命呀……」奈特的呼喊聲變微弱了。

時間不多了。

我跳向那棵樹，一根枝條從頭頂壓下，朝我揮擊過來。

我向後一跳，在樹幹周圍倉皇的爬著。又一根粗大的枝條朝我揮來，我彎身避開。

這棵樹想擋住我，好吞掉我弟弟。我壓低身子，避過那些不斷襲來的樹枝。

這句英文怎麼說

這棵樹想擋住我。
The tree was trying to keep me away.

然後伸出手，開始搔那粗硬的樹幹。

我先是用一隻手搔它，接著雙手齊上。

那是發抖嗎？這樹真的在顫動嗎？

還是我想像出來的？

拜託！我在心中懇求著。拜託，求求你，放開我弟弟。

我用雙手拚命搔癢著樹。「奈特！」我著急的喊著，「奈特！你聽得見我嗎？」

一片寂靜。

「奈特？奈特？」

沒有回應。

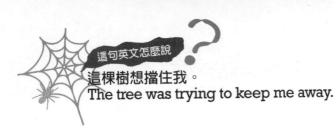

17.

我不肯放棄，搔得更賣力了。

樹幹開始抖動起來。一叢叢樹葉被搖得鬆脫開來，緩緩飄落。當我戳著、搔著樹幹時，它們紛紛落在我的頭髮和手臂上。

我更使勁的去搔。樹枝搖晃抖動，樹幹左右扭擺。

太好了！我興奮的想著。這法子奏效了！它果然是怕癢的！

好，我要讓這棵樹笑得癱軟在地！

於是我更用力的搔著，樹幹在我指頭底下不停扭動。

我往上看，奈特的靴子從樹葉中伸出來了。

接著是他的腿，他的手臂，他的臉。

這句英文怎麼說

他爬樹的技術終於派上用場了！
His tree-climbing skills were finally coming in handy!

樹枝不住搖晃，一邊顫抖一邊搖擺。

奈特掙脫出來，從一根樹枝跳到另一根上。他爬樹的技術終於派上用場了！

「快點！」我對他喊道：「我撐不久了，快跳！」

奈特扭動身子快速爬下樹幹。

「我來了！」奈特放開樹幹，往空中一躍，以蹲伏的姿勢落在我的腳邊。

「哇，幹得好，珍潔！」

我抓起他的手，飛也似的逃離那棵樹。

奈特拍掉頭髮上的小樹枝和葉子。「我看到一些怪獸了。」

我咬著嘴唇。在對付那棵樹精的緊張中，我都忘了我們正在玩一種致命遊戲。

「我看見三隻，」奈特報告說：「佛萊格、史波克，還有另一隻尾巴有缺損的，全在那個方向。」他指著右邊。

「牠們在做什麼？」我問道。

「牠們躲在一塊灰色的大石頭後面，妳可以悄悄溜過去，很簡單的。」

「是呀，」我翻翻白眼。「易如反掌。」

「妳辦得到的。」奈特深色的眼睛望著我。「我知道妳可以的，珍潔。」

奈特領著路，我們緩緩穿過樹林，躡手躡腳的往那塊大石頭走去。

頭頂的天空黯淡了下來，空氣變冷了些。我知道已經將近傍晚了，太陽很快就會消失在咕啦柳後面。

但願我還有足夠的時間。

「那石頭就在那邊。」奈特低聲說。

我看見樹叢中有一小片空地，空地中央有一塊陡峭的灰色大石塊，聳立在平坦的地面上。

這石塊大得足以藏住一打怪獸。

我的心跳加速。

「我就躲在這棵包心菜後面。」奈特說。

他彎身縮到那株植物之後，我跟在他後面，心裡還沒準備好單獨面對那些怪獸。

這句英文怎麼說

你一個人過去比較安全。
It's safer if you go alone.

我蹲下身子，繫緊靴子上的鞋帶，試著不去理會胃中的翻攪。

「快溜到牠們身邊吧。」奈特低聲說道。

「陪我一起來。」我哀求道。

奈特搖搖頭。「我們兩個都過去的話聲音會太大，」他說：「妳一個人過去比較安全。」

我知道他說的沒錯。

我對自己打氣，這很簡單的，石頭後面的怪獸並不知道我來了，只要拍到牠們其中一隻就行了。

我感到一陣興奮的震顫。

對，我辦得到的。

這樣遊戲就結束了。我們也安全了。

我深深吸了一口氣。

「不管你們躲好了沒有，我要來了。」我小聲的說。

然後躡手躡腳的走向那塊大石頭，往後一瞥，奈特從包心菜後面伸出頭來，翹起拇指向我比了個鼓勵的手勢。

再走幾步就到岩石旁邊了。我屏住呼吸。

那灰色的巨岩聳立在我面前。

我伸出手來，手指緊張得不住顫抖。

我跳到岩石後面。

「逮到你了，」我大喊，「換你當鬼！」

這句英文怎麼說

再走幾步就到岩石旁邊了。
A few more steps and I'd be at the rock.

18.

「啊？」

我的手只揮到了空氣。

牠們不見了！

沒有怪獸的蹤影，只有一堆破碎的瓢瓜散落在地上。

我訝異的眨著眼睛，慌忙的爬到岩石前方。

牠們早就已經離開了。

「奈特！」我叫道：「奈特！」

「發生什麼事了？」我弟弟奔到岩石旁邊問道。

「什麼事也沒發生，牠們走了。」我對他說：「現在怎麼辦？」

「嘿，」奈特沒好氣的說：「這又不是我的錯。」

我看著他，心中感到又失望，又害怕。

一陣勁風颳了起來，我朝天空看了一下，一道道條紋狀的粉紅光暈橫過頭頂，太陽正在西沉。

我的胸口因絕望而緊了一緊。

「沒希望了。」我喃喃的說。

奈特搖搖頭。「妳知道我們需要什麼嗎？」他說。

「不知道，什麼？」我回答。

「我們需要另一個計畫。」

我忍不住笑了起來。奈特眞是個小渾球！

他靠在大石頭上，皺起了鼻子。「這究竟是什麼樣的石頭呀？」他問。

「很詭異的石頭。」我答道。

奈特盯著那塊巨石。「上頭長著什麼東西耶。」他說。

「喂，別碰任何東西。」我警告他。

這句英文怎麼說

一陣勁風颳了起來。
A sharp gust of wind kicked up.

但是叫奈特別做什麼事情，只會讓他更想去做。

奈特將手指戳進岩石的一個小洞中。

那巨大的岩石動了起來。

巨石頂上出現一個裂縫，快速延伸開來。

奈特趕緊抽回指頭。

「怎麼回事？」我喊道。

一團灰色的煙霧從巨石中噴了出來。

轟隆——！

奈特和我趕緊蹲下身子，用手捂住耳朵。

爆炸聲就像是同時點燃一百萬支鞭炮那般轟轟的響。

巨石中冒出更多翻騰的灰色煙霧。

我幾乎看不見奈特了。濃煙嗆得我直咳嗽，眼睛猶如燒灼般疼痛。

四周的空地上滿是煙霧，還飄到了樹梢上。

幾秒鐘後，煙霧漸漸消散了。

我看見佛萊格站在空地上。

史波克也出現在牠身後，搔著牠空洞的眼眶。

另一頭怪獸跟在後面，接著又是一頭。全都瞪著我和奈特。

「你觸碰了『懲罰岩』！」佛萊格喊道。

「啊？」奈特向我挨近一步。

佛萊格對那頭尾巴缺損的怪獸點點頭。「捉住他，葛力柏。」佛萊格吼道。

葛力柏的鼻子縮了縮，眼睛鼓脹出來，伸爪往奈特的手臂抓去。

「等等！住手！」我喊道：「奈特並不知道那是什麼懲罰岩呀。」

「不公平！這不公平！」奈特也跟著大喊。

那些怪獸不理會我們。

葛力柏一把抓起奈特，將他高舉在半空中，吆喝道，「走吧。」

葛力柏用雙爪捧著奈特，然後假裝要將他摔下。

奈特驚叫起來。

葛力柏和其他怪獸爆出猙獰的笑聲，還拍著牠們毛茸茸的手爪。

這句英文怎麼說

給我看看你的手。
Let me see your hand.

「住手！」我氣得大吼，「放他下來！讓他走！」

「好呀，走啊，」那些怪獸應聲說道，又拍起牠們的爪子。「我們走！我們走！」牠們不斷唸道。

我怒目瞪著佛萊格。「叫牠放下我弟弟。」

「他觸摸了懲罰岩，」佛萊格說：「必須受到處罰。」

「但是我們事先並不知道呀！」我抗議道：「我們根本不清楚你們那些愚蠢的規則，這不公平。」

我試著抓住奈特懸盪在半空中的腿。

「給我看看妳的手。」佛萊格命令道。他一把抓起我的手臂，把我的手掌舉到眼前，仔細端詳著。

「努布洛夫色彩！」牠大喊，一邊打量著我。「這價值五十分。妳騙不了我的，妳以前玩過這遊戲，早就知道規則了。」

我注視自己的手掌。有從木杖染來的黃色，從傘狀植物葉片染到的藍色，還有從石頭染上的橘色。努布洛夫色彩？

「但是……但是……」我結結巴巴的辯解，「我不是故意染上這些顏色的，這只是碰巧。」

佛萊格和史波克交換了個眼色。

「來吧！」佛萊格朝葛力柏揮揮手。

葛力柏將奈特拋上肩膀，跟隨佛萊格走進樹林。其他的怪獸也踏著沉重的腳步跟在後面。

「珍潔！」奈特被怪獸扛走，一路慘叫著。

我跟在牠們後面追趕，感覺無助極了。

「站住！你們要把他帶到哪去？」我尖叫道：「你們想把他怎麼樣？」

這句英文怎麼說

你們想把他怎麼樣？
What are you going to do to him?

19.

我一路緊追在後，跑過一條寬闊的道路，路邊排列著更多的巨石。

那些都是懲罰岩嗎？

我盡量跑在路中央，害怕會不小心碰到它們。

群獸在一條隧道入口停了下來。這隧道從最大的一塊巨岩側面鑿了進去，牠們紛紛低下頭來，快步走了進去。

我跟在後面，心臟怦怦直跳。

「珍潔！」奈特的呼喊在隧道壁上迴響。

那些怪獸興奮的咕噥、號叫。有些怪獸還一邊走，一邊用爪子捶著隧道的頂部。

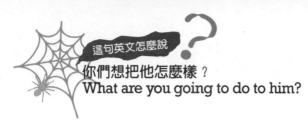

所有的東西都在晃動。牆壁、天花板、地面。

「奈特！」我嘶喊著。但在一片嘈雜中，連自己的聲音都快聽不見了。

我跟著怪獸走出隧道，進入另一片寬闊的空地。

「那是什麼？」我倒抽一口氣。

在空地中央，有棵樹上懸吊著一個巨大的木箱，看起來像是個巨型的鳥籠。

木箱的一側有道小門。

門上掛了一個標誌，寫著：懲罰籠。

葛力柏將奈特高舉在半空中，讓所有的怪獸觀看，並將他不停的轉了又轉。

奈特高聲尖叫。

史波克和其他怪獸紛紛頓足、鼓掌。

「住手！」我大聲喝止，「你們不能這麼做！」

「他必須被關進籠裡，」佛萊格宣告，「他觸碰了懲罰岩，這是規矩。」

葛力柏把奈特扔進懲罰籠，砰的將門摔上。佛萊格將一根粗枝插進粗陋的木門門中，把門鎖上。

這句英文怎麼說

我跟著怪獸走出隧道。

I followed the beasts out of the tunnel.

奈特從柵欄間伸出手來。「珍潔，」他哭喊道：「救我出去！」

懲罰籠在空中盪來盪去。

「別擔心，奈特，」我安慰他，「我會救你出來的。」我打了個冷顫。

他看起來好小，好無助。

「你們不能永遠把他關在這兒，」我問佛萊格，「什麼時候才能放他出來？」

「等我們要吃他的時候。」佛萊格輕聲說道。

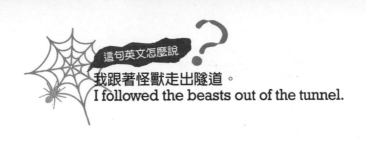

20.

「但是我才是東方妖獸耶！」我抗議道：「你們說過要吃我的！」我朝牠踏近一步。

「進到懲罰籠的玩家也要被吃掉，」佛萊格不屑的哼著說：「別假裝妳忘記了，每個人都知道這一點，這是基本規則。」

「一定還有其他辦法可以放他出來吧！」我邊說邊朝牠靠近。

「除非他吃掉『自由脫逃毒蜘蛛』。」佛萊格搔著牠下顎底下的鬆皮。

「什麼？他得吃掉一隻毒蜘蛛？」我追問道，同時又朝牠踏前一步。

「別假裝妳連這個都不知道。」佛萊格瞇起眼睛說，然後轉身要離開。

我往佛萊格毛茸茸的胸膛撲了過去。

這句英文怎麼說

這是基本規則。
It's a basic rule.

重重拍了牠一下。

「你是鬼！」我勝利的舉起兩隻拳頭，大叫道：「你是鬼！我捉到你了！」

「抱歉，」佛萊格揚起一邊的眉毛，平靜的說：「我把遊戲暫停了，這不算。」

「不！」我尖聲喊道：「你不能這樣！你不能一直更改規則！」

「我沒有，規則就是規則。」佛萊格伸手越過我，檢查奈特籠子上的門閂，確保它拴得緊緊的。

「再加把勁，」史波克咕噥道：「妳總是可以再試試的。」

其餘的怪獸點頭表示同意。牠們興奮的咧嘴大笑，噴著鼻息，全都開心得很。

接著牠們便轟隆隆的走出空地。

「珍潔！」奈特捶著籠子喊道：「放我出去！」

我絕望的看著他，我根本搆不到他。

他透過圍欄往下望著我，棕色的頭髮蓋住了眼睛。

「想想辦法呀！」他哀求道。

「我會再試著去捉牠們。」我說道。

這是我唯一能做的了。

「你看得見牠們嗎？」我問：「牠們往哪兒去了？」

「我看見幾頭怪獸躲在那裡。」奈特說，並指了一個方向。

「我會回來的，」我向他保證，「等我捉到其中一隻以後。」

我試著把話說的很篤定，好像這是萬無一失的辦法。眞希望我能信得過自己。

「快去！」奈特在我背後催促著。

一陣強風颳過空地，把籠子吹得左右擺蕩。奈特抱著膝蓋，身子縮成一團。

我對他投以最後一眼，便邁開步伐離開。

長長的陰影投射在地面上，我仰望天空，橘紅的色澤逐漸變成深粉紅色，太陽幾乎要下山了。

我衝進越來越暗的樹林中。四面八方都有小動物踩過落葉鋪成的厚毯，飛奔而過的聲音，彷彿要趕在日落之前回家似的。

回家，到那裡牠們就安全了。

這句英文怎麼說

他正在熟睡中。
He was sound asleep.

風在樹林中呼嘯作響。我腳下一個踉蹌，幾乎被一根腐朽的樹根絆倒。

森林正在朝我迫近，要將我吞沒，時間也逐漸逼近。

這時我看見一頭怪獸躲在一株傘狀植物底下，肩膀向前傾，頭部輕輕的上下擺動。

牠正在熟睡中。

這是個大好的機會。

我慢慢向牠挪動過去。

那怪獸換了個姿勢。

我停下腳步，屏住呼吸。

牠又安靜了下來。剛剛一定是在睡夢中扭動的。

機會來了，我心想。一秒鐘後，東方妖獸就要換人做了。

我向前衝去。

卻踩了個空。

地面陷下去了。

腳下除了空氣什麼也沒有。

我快速下墜，直直向下墜落。

下墜……下墜……下墜……

一路尖叫著。

一路尖叫著。
Screaming all the way.

21.

我重重的撞上堅實的地面。

我摔得很重。

空氣從我肺中噴了出來。

我的肩膀撞到了一塊尖銳的岩石，痛得我喊出聲來，並揉著撞到了的手臂。

我掙扎著喘過氣來，一邊費勁的爬起身子，凝視著四周。

太暗了，伸手不見五指。

結束了，我心想，遊戲結束了。

「嘿——有人在上頭嗎？」我喊道：「有人聽得見我嗎？」

我停下來，聆聽是否有回應，任何回應都好。

一片死寂。

我強迫自己站起來。肩膀好痛，我前後轉動了幾次，好讓它不至於變得僵硬。

我伸出手來，輕拍著四周的牆壁，是堅硬的泥土。看來我掉進了某種深坑中，就是人們挖來獵捕動物的那種坑洞。

現在我成了被捕獲的獵物。

我迅速的用手摸索坑壁，看看能不能找到什麼可以抓住的東西，某種可以爬出坑的方式。

好噁心哦！那是什麼？

我摸到某種冰冷的東西，從坑洞的側壁突了出來。

我咬緊牙關，強迫自己再摸一次。它摸起來硬硬的——是樹根，我興奮的想著。而且不是活的。

我繼續沿著牆壁向上摸索。直至我伸手可及之處，到處都是樹根。太完美了。

我舉起一隻腳來，踏上最低的一條樹根。它撐住我了。是踏腳的地方！我能爬出這坑洞了。

這句英文怎麼說

我強迫自己站起來。
I forced myself to my feet.

我抓住手能搆到的最高的樹根，將自己拉了上去。有泥土鬆脫的碎裂聲音。

我緊緊貼著牆面，更多泥塵從坑壁撒落下來，掉在我的臉上。

我緊閉雙眼，等待塵土不再落下，然後找到下一條樹根，再度開始攀爬。

我還剩下多少時間？距離太陽下山還有多久？

肩膀好疼，但是我還有很長一段路要爬。我靠著牆壁稍稍休息了一會兒，接著又繼續攀爬。

劈啪！

樹根突然在我右腳底下斷裂，我的腿懸盪在半空中。

劈啪！

右手抓著的樹根也啪的一聲斷裂開來。

「啊！」我發覺自己在往下掉，不禁放聲大叫。

我又重重的摔落在坑洞底，一動也不動的躺了幾秒鐘，想辦法喘過氣來。

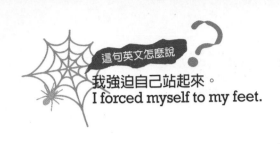

我朝上望，最後一抹粉紅色的天空在洞口發著微光。

在逐漸黯淡的光線中，我環顧四周，看見深坑壁上那些沒用的樹根。再往下一看。

噢，糟了。

僅存的陽光恰好讓我看見腳下的地面。

是褐色的。

而且是方形的。

這裡是自由午餐區！

我被困住了，而且是困在自由午餐區裡。那些怪獸可以吃掉我——隨便什麼時候都可以。

我驚慌的僵在那兒，聽見頭頂傳來隆隆的腳步聲。

我縮在坑洞的一角，脊背緊緊貼著泥牆。

「在這兒！」我聽見佛萊格喊道：「她在這底下！」

這句英文怎麼說

底下有個東西聞起來好香喲。
Something down there smells delicious!

22.

佛萊格出現在我頭頂的洞口，鬆垮的下巴垂掛下來，緊盯著我。

「找到妳啦！」牠喊道。

史波克擠到佛萊格身旁，低頭對我露齒而笑，嘴邊淌出黃色的口水，滴在我的靴子旁邊。

「底下有個東西聞起來好香喲，」史波克喊道：「我好——餓呀！」

葛力柏毛茸茸的臉也從佛萊格和史波克中間擠了進來。

牠咂咂嘴唇，我聽見牠的肚子在咕嚕咕嚕的叫。

「終於！」史波克咕噥著說：「把她拉出來！我們可以吃她了！」

「求求你們，別傷害我，我並沒有對你們做什麼呀！」我捂住臉哀求著。

「玩遊戲嘛，總有輸贏的。」佛萊格聳聳肩說。

史波克和葛力柏伸手探進坑中，巨大的手爪朝我揮來。

我把脊背往牆上貼得更緊了。

「求求你們，」我哀求道：「求求你們走開，放過我吧！算你們贏了，好嗎？你們可以拿走我所有的分數。」

「分數是不能轉讓的，」佛萊格斥責道：「這妳是知道的。」

其他怪獸嘰哩咕嚕的表示同意，然後伸手下來抓我。

我的眼睛在坑中搜尋著。

我需要武器。

樹根？

我猛力從泥土中拔出一條粗大的樹根。

「離我遠一點！」我用樹根朝牠們的爪子揮打。

怪獸們拍著彼此的背，發出醜惡的獰笑。

「你們會後悔的。」我威脅道。

這句英文怎麼說

我需要武器。
I needed a weapon.

我這是在唬誰呀？這條爛樹根根本傷不了牠們，牠們也很清楚。我是東方妖獸，是牠們的晚餐。

佛萊格俯身探進坑中，咆哮一聲。

爪子離我的臉只有幾吋遠。

我趕緊低下頭去。

牠的爪子擦到了我的頸背，爪尖刮過我的皮膚。

我閃身躲開，手臂上的汗毛根根直豎。

要是我能像動物般鑽進土裡就好了，我心想。

佛萊格的爪子搧動我臉前的空氣。

「別再躲了，」牠怒吼，「妳這樣只會讓我更餓。」

「這不公平！」我尖叫道。

牠轉向史波克和葛力柏。

「煩死了，」牠抱怨道：「耗太久了。」

牠圓睜的雙眼閃著飢餓的光芒，朝下瞪著我。「捉住她！」牠大聲喝道。

史波克伏下身子，一把抓住了我的手臂。牠的爪子陷進我的皮膚，將我往上拉，扯得我站了起來。

完了，我悲哀的想著，遊戲結束了。

這句英文怎麼說

他們重重的跺著腳。
They stomped their feet loudly.

23.

一朵濃雲從我頭頂飄過，將坑洞籠罩在幽暗的陰影中。

佛萊格怒吼一聲，在寬大的前額拍了一下，大喊一聲：「烏雲掩護！」

史波克鬆開爪子，放開了我的手臂。

我摔倒在地，膝蓋著地。

「烏雲掩護！」史波克喊道。

「烏雲掩護！」葛力柏也應和一聲。

我爬了起來，群獸憤怒的吼聲令我的頭陣陣抽痛。

牠們重重的跺著腳。

「這是怎麼回事呀？」我問。

「妳安全了，」史波克憤慨的嗤了一聲，「就這一次。」

安全？我大大的鬆了一口氣。

「但是……爲什麼呢？」我訝異的問道。

「妳被『烏雲掩護』了，」佛萊格解釋，「我們不能碰妳，這是免死金牌。但妳只能用一次。」

一次就夠了，我暗自慶幸。我可不打算永遠玩下去。

「這回我們得放妳走，」佛萊格吼道，「但妳仍然是東方妖獸。」

「妳還是得在日落前捉到一個人。」史波克也說。

葛力柏嘆了口氣。三頭怪獸轉身走向樹林。

「現在我們要走了。」佛萊格宣告。

「等等！」我慌慌張張站了起來。「要怎樣才能出去呢？我被困在坑裡怎麼去捉人？」

佛萊格瞪了瞪我，伸手下來，用一隻爪子按了按地上靠近坑洞邊緣的一塊紫色岩石。

這句英文怎麼說

這會是某種詭計嗎？
Was this some kind of trick?

坑洞的地面開始嘎吱作響。

接著它往上升起，越升越高。

最後在地面之下幾呎的地方猛然停住。

我近得能看到那些怪獸的腳踝，還看見閃亮的黑蟲子在牠們的毛皮中亂爬。

我緊張的嚥著口水。

這會是某種詭計嗎？還是我真的安全了？

「我還是需要幫忙才爬得出去。」我對佛萊格說。

佛萊格又捶了捶那塊紫色岩石。

地面又開始移動了，這回升到與地面平齊。

我跳出自由午餐區。那些怪獸包圍過來。

「太陽快要下山了，」佛萊格警告我，「遊戲就要結束了。」

「妳沒剩多少時間了。」史波克也補上一句。

佛萊格哼了一聲，轉過身去拖著笨重的身軀走了。

「祝妳好運。」史波克一邊喊，一邊匆匆趕上佛萊格。葛力柏也跟著走了。

牠們往岩石隧道奔了回去。

「等等！」我在後面竭盡全力追趕著。

我衝進岩石隧道中，聽到前頭那些怪獸的聲音。牠們呼嚕的叫吼著，又用爪子搔刮牆壁和天花板，一路吵吵鬧鬧。

我看見牠們從隧道另一頭奔了出去，接著分散開來，朝不同的方向跑走了。

我該走哪條路？沒有時間可以浪費了。

我跟在佛萊格後面。

牠在樹叢間鑽進鑽出，跳過一些雜亂的灌木叢。

我喘著氣，苦苦追趕著。

佛萊格加快了腳步。

越來越快。

我幾乎快趕不上了，只能大口喘著氣。

「等等！」我氣急敗壞的大喊：「等等！」

佛萊格回頭瞥了我一眼，便消失在樹叢中。我停下腳步，不再追牠。

這句英文怎麼說

我的腳絆到了一塊石頭。
My foot caught on a rock.

天空已經變成了紫色，很快就會完全轉暗了。

我轉過身來，拚命想找到另一頭怪獸。

「喲——喝！在這裡！」我聽見有人喊道。

我趕緊轉身。

是史波克。牠正從兩棵大樹間向我招手。

我朝牠飛奔過去。

史波克笨重的走下一條曲折的道路。我緊隨在後。

不然還能怎麼辦呢？

突然間，我的腳絆到了一塊石頭，在泥土上跌了個狗吃屎。

我強迫自己爬起來，四周的森林一片寂靜。

半頭怪獸也沒有。

我想要尖叫！於是我就真的這麼做了。

「佛萊格！史波克！葛力柏！你們在哪兒！」我大喊大叫著。我怎麼捉得到牠們呢？我甚至找不到牠們。

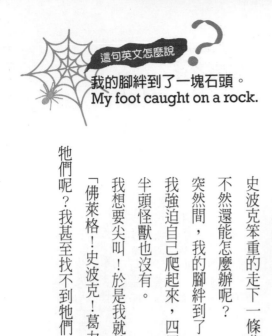

我的眼睛搜尋著這片區域。

那是什麼？我瞇起眼睛仔細瞧著。

是了！那是顆毛茸茸的藍色頭顱，從一叢灌木後冒了出來。

這是我最後的機會了。

我聚集全身的力氣，往那叢灌木衝過去。

我的手向前揮出。

「捉到了！」我喊道：「你是——」

這句英文怎麼說

我的希望又破滅了。
My hopes were crushed again.

24.

「咕嚕！」一頭小獸揮舞著爪子。

是那頭幼獸！唯一一頭不滿三呎高的小獸。牠太矮了，不能參加遊戲。

不公平！我心想。

我的希望又破滅了。

我撿起一塊石頭，憤怒的將它投入林中。

「大夥兒都在哪兒？」我氣得大叫：「快出來玩呀！」

那頭小獸拍著爪子，開心的咯咯直叫。

我瞪眼瞧著牠。牠爲什麼獨自在這裡？

我靈光一閃。對了！

這附近一定有另一頭怪獸，正在看顧這孩子，一頭超過三呎高的成獸。

牠可以當我的替死鬼。

我搜尋著這片區域，只有樹木和大石頭。我得查看每棵樹、每塊石頭後面。

我深吸一口氣，躡手躡腳的穿過樹叢，不時停下來瞄瞄每塊大石頭後面。

喀啦。

我的腳踩裂一堆細枝。

我一動也不敢動，靜靜站著等待。

四周寂靜無聲。

我往前再踏出幾步。

側耳聆聽著。

沒有聲息。

我悄悄往前挪動，這附近某個地方一定有隻怪獸。

但是在哪裡呢？

這時我聽見了聲響。

這句英文怎麼說

我偷偷一看。
I peeked out.

含混不清的咕噥聲。

我溜到一叢灌木後面，朝那聲音緩緩的移動過去。那聲響從一塊高大陡峭的岩石後面傳出來。

我偷偷一看。

是史波克！

太好了！史波克正站在那塊岩石後面，一邊喃喃自語，一邊搔著鼻子上那塊凹凸不平的疤痕。

我可以輕易拍到牠。

但這會不會又是一塊懲罰岩呢？

會不會爆炸冒煙、化爲烏有？

我可不想被關進一個吊在半空中的籠子裡。

就像奈特那樣。唉，可憐的奈特。

我又深吸了口氣，然後慢慢接近史波克。

史波克轉過頭來，查看背後的樹林。「小獸娃兒，」牠喊道：「是你嗎？」

我趴到地上等待著。

心臟像是在我耳中打鼓，我強迫自己保持安靜。

史波克並沒有移動位置，牠嘆了口氣，又開始自言自語。

再踏上三步，我就可以拍到牠了。

兩步。

我抹去額頭上的汗珠。

再一步。

這簡直順利得難以置信。史波克渾然不覺我在牠後面。

接著我重重的拍了牠一掌。

「你是鬼！」我尖聲喊道。

史波克驚駭的吸了口氣，巨大的手爪揮上半空。我想牠就要昏倒了！

「我做到了！我做到了！」我開心的大喊著。

我自由了！

奈特也自由了！

這句英文怎麼說

這簡直順利得難以置信。
It was too good to be true.

史波克咕噥幾聲後站起來，泰山壓頂般聳立在我面前，似乎一點也不沮喪。牠明明輸掉了遊戲呀。

「你是鬼！」我再重複一次，「你是東方妖獸！」

史波克懶洋洋的舉起一隻爪子，搔著牠空洞的眼眶。

我感到一陣心驚膽顫。要是史波克不守規則，那怎麼辦？

「抱歉，」史波克輕聲說道：「這次不算。」

「嘿——！」我氣憤的喊道：「你得遵守規則！我拍到了你，貨眞價實，沒得抵賴！」

史波克盯著我瞧，好像我在搞笑似的。

有什麼地方不對勁。

究竟是什麼地方不對勁？

牠爲什麼不說話？

史波克掀起嘴唇，露出一個醜怪的獰笑。

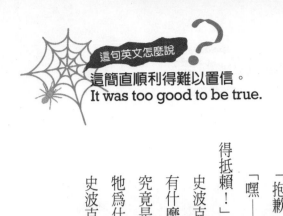

25.

「妳是從西邊拍到我的，」史波克淡淡的說：「這不算數。」

我感覺有一股熱血湧上我的臉。「不公平！我拍到你了！我拍到你了！」我大聲哀號。

史波克聳聳肩。「妳必須從東邊拍過來，記得嗎？」史波克笑得臉皮皺成一團，小眼睛幾乎消失不見了。「妳仍然是東方妖獸！」

我呻吟一聲。

我怎麼會忘了呢？這是最重要的一條規則呀。

誰知道哪裡是東邊呢？我甚至已經看不見太陽了！

我的腦袋陣陣抽痛，渾身都在發疼，飢腸轆轆，身上又酸痛不已。

這句英文怎麼說

我感覺有一股熱血湧上了我的臉。
I could feel the blood rush to my face.

史波克站在那兒，笑得直打顫。

我看了看逐漸變暗的天空。

等等！

我爬上那塊大石頭，太陽在我背後下沉。那兒是西邊，我的前方是東邊。

我打量著史波克。佛萊格不在旁邊，這頭大怪獸看來沒那麼具有威脅性，甚至似乎是無害的。

牠本來應該是在看顧寶寶的，結果卻把小獸搞丟了。

牠忙著嘲笑我的失誤，幾乎忘掉我的存在了。

「嘿，史波克，」我試探的問，「你現在想不想玩玩我的遊戲？」

「但是我們還在玩這個遊戲呀。」史波克訝異的眨著眼睛。

「那我喊暫停。不覺得這個遊戲有點無聊嗎？」我說：「我的遊戲好玩得多了。」

史波克搔搔那隻殘眼留下來的空洞，從裡頭拉出一隻大黑蟲扔掉。「妳的遊戲叫什麼來著？」

「瘋狂定格。」我很快的回答。

奈特和派特最愛玩這個遊戲。

「我們先在原地旋轉，當我喊停時，大家就要站定不動——看看誰能保持平衡，不會跌倒。」

「聽起來很好玩，」史波克同意，「好呀，我們來玩！」

「嗯，好，」我說道：「那我們來玩玩看。旋轉！」

我們兩個都開始旋轉。

我偷偷朝史波克瞄去，牠旋轉著，雙臂都甩盪了出去。

「再快一些！」我喊著，「還要更快！」

史波克轉著圈子，越轉越快，越轉越快。

牠的尾巴颼颼的揮打著灌木叢，我趕緊跳開，以免被掃到。

史波克的身子開始搖晃。

「遊戲——恢復進行！」我大喊一聲。

史波克似乎沒聽見我，一個重心不穩，撞上了一棵樹。

這句英文怎麼說

史波克站定不動。
Spork froze in place.

「定格！」我喊道。

史波克站定不動。

我朝牠撲過去，重重的拍了牠一下。

從東邊。

「你是鬼！」我喊道，一邊往後退開。「我從東邊拍到你了！這下你眞的是鬼了！」

史波克用兩隻爪子按著頭，閉上眼睛，看的出來牠還在頭暈。牠把雙腿站開了些，靠著樹幹穩住身子。

牠用爪子拍了拍自己的臉。「妳成功了，」牠表示同意，接著用凹凸不平的舌頭舔舔嘴唇，呼出一口長氣。「我是鬼。」牠承認道。

「是的，是的，是的！」我一邊大喊，一邊興奮的跳來跳去。

史波克撲通一聲跌在那塊大石頭上。

「我自由了！」我大叫，「遊戲結束了。」我將手掌握成拳頭，不住伸縮著手臂。

「我要去把奈特救出來，」我說：「他是在哪個方向？」

史波克用牠長著利爪的指頭指向我的右方。

「我們可以離開這裡了！」我喊道。

我這輩子從來沒這麼開心過。

「噢，史波克老兄，」我眉開眼笑的對牠說：「再見，後會有期囉！」

「沒那麼快，」史波克說道：「只怕妳還不能走。」

這句英文怎麼說

他是在哪個方向？
Which way is he?

26.

「少來，」我說：「你不能又更改規則！門都沒有！」

「妳不能走，」牠又重複一次，「遊戲要到太陽下山才結束。」牠固執的瞪著我。

我仰望天空，紫色的光暈逐漸褪成灰色。沒剩下多少時間，但是夠了。

我可不要再當鬼。

我可以躲到天黑，但是要躲到哪兒呢？

「別光是站在那兒，」史波克警告我，「妳可能又會被拍到。」

「休想，」我堅決的說：「我不會讓這種事發生的。」

我還沒來得及移動前，佛萊格已經從一棵樹後重重踏了出來，下巴底下鬆垂

的皮膚左右搖晃。

葛力柏也悄悄從牠背後冒了出來。

「她抓到我了！」史波克對牠們說。

「我知道！」佛萊格盯著我瞧。「我就知道妳玩過這個遊戲。」

我憤怒的握緊拳頭，眞是受夠了。

原本就是牠們強迫我玩這愚蠢的遊戲，但現在我可不打算輸。

佛萊格揮揮手要我走開。「妳有我數到『梧』的時間，」牠說道：「然後我們就可以再去抓妳了。」

牠轉過身去，捂住眼睛數著：「噫……咡……仨……柶……梧……」

我別無選擇，拔腿就跑。

不能停下來，我對自己說，別想任何事情，只管跑就是了，然後找個地方躲起來。

「不管妳躲好了沒——我們要來了！」我聽見佛萊格在我身後大喊。

群獸跟著興奮的歡呼、號叫。

這句英文怎麼說

我的兩腿痠疼，雙腳灼痛。
My legs ached. My feet burned.

我趕緊奔出小路，衝過樹叢間雜亂的長草，跳過一叢包心菜。

我的兩腿痠疼，雙腳灼痛。

但是我不能停下來。

直到我找到藏身之處。

當我聽見湍急的水流聲，馬上打著滑煞住腳步，險些跌進了溪裡。一條藍色的大魚躍出水面，朝我的腳踝咬來。

這裡不是藏身的地方，我回頭跑進樹林中。

一陣冷風刮上我的臉，瓢瓜又嗚響起詭異的旋律。

「我來了！」史波克在我左方高喊。

我逼自己跑得更快了。牠休想抓到我。

我四下環視。該往哪兒走呢？

那個岩石隧道！我看見它就在幾呎之外。

我衝進黑暗中，沒了群獸的嘶吼和咆哮，裡頭靜得有些令人毛骨悚然。我放慢腳步，躡手躡腳的穿過隧道。

出了隧道之後，我悄悄走進濃密的樹叢中。癱靠在一棵樹上等待著，努力保持安靜。我喘得好厲害，眞擔心那些怪獸會聽見我的聲音！

一段時間過去了。地面又開始震動起來，這意味著群獸正在逼近。

我憋住呼吸，縮到一株傘狀植物底下。

幾秒鐘後，佛萊格、史波克和葛力柏從隧道中衝出，沿著小徑狂奔而來，後面還跟著四頭怪獸。

牠們跑過我藏身的灌木叢，衝進了樹林中，還繼續不斷的跑著。

我靜靜等待，確定牠們已經走了。

四周又恢復一片寂靜。

我鬆了一口氣。趕忙爬了起來，伸展一下身子。

突然某樣東西從我後面衝過來。

「不！」我驚恐的大喊。

有兩條手臂環抱住我的腰，一隻什麼動物將我撲倒在地。

這句英文怎麼說

我鬆了一口氣。
I breathed a sigh of relief.

27.

我狂踢猛扭，拚命的掙扎。

「住手，快停下來！」一個熟悉的聲音喝道。

「奈特！」我倏的轉身，驚訝的喊道：「奈特！你自由了！你是怎麼從籠子裡脫身的？」

「籠子？什麼籠子呀？」我弟弟瞇起眼睛看著我。

「懲罰籠呀，」我問：「你是怎麼逃出來的？還是牠們放了你？」

「我不是奈特。是我，派特。」

「派特？」我先是困惑的看著他，接著撲過去摟住他的脖子。我從來不曾這麼高興見到他。

「你到哪去了？」我問道。

「我到哪去了？」派特喊道：「該是我問你們到哪去了吧？我一直在到處找你們，這片樹林眞是叫人發毛。」

「奈特在哪呀？」他四下張望著。

「他被關起來了。」我開始解釋：「嗯，被那些怪獸抓住了。你跑進樹林以後，我們被迫去玩遊戲，然後……」

「遊戲？」派特難以置信的搖著頭。「我在森林中迷了路——而你們兩個竟然在玩遊戲？」

「不是你想的那樣。」我說道。

我查看周遭的樹木，看看有沒有怪獸的蹤跡。

「是牠們強迫我們玩的，」我壓低聲音對派特解釋，「就像是捉鬼遊戲——但是牠們是玩眞的。本來我是東方妖獸，後來——」

「是喔！」他翻翻白眼。

「是眞的，」我強調，「這個遊戲是要人命的，你一定得相信我。」

這句英文怎麼說

這個遊戲是要人命的。
This game is deadly.

「為什麼？」派特聳聳肩。「妳從來都不相信我的話，我為什麼要相信妳？」

「因為如果我們輸了，牠們就會把我們吃掉！」我對他說。

派特大笑起來。

「我是說真的！」我用力搖晃他的肩膀。「我說的是真話！這裡非常危險，佛萊格和史波克正在追我，就是現在！」

派特扭脫了我的手。「是喔，佛萊格和史波克。嗷嗚！嗷嗚！」派特學著野獸的叫聲。

「噓——」我馬上制止他，「保持安靜！」我將他拉到一株傘狀植物後面。「派特，你一定得相信我。現在四面八方都是怪獸，一不小心就會被牠們逮到。」

「我猜這個遊戲是牠們的主意囉？」他問道。

「是的。」我回答。

「那麼我猜牠們會說話囉？」派特繼續說道：「用英文？」

「對，對，對。」我不斷強調。

「妳比我想得還要古怪，」派特搖著頭說：「說真的，奈特在哪兒？」

「嘎啊啊——！」

一聲低號從不遠的岩石邊傳了過來。

「在這裡！」一頭怪獸吼道：「在隧道附近！」

沉重的腳步聲逐漸逼近。

地面在我們腳下晃動著。

派特驚駭的睜大了眼睛，伸手過來抓住我的手臂。

「是牠們！」我喊道：「現在你相信我了嗎？」

派特用力嚥著口水，點著頭說：「是，我相信妳了。」他勉強擠出這幾個字。

「她在這兒！」一頭怪獸喊道。

「牠聽見我們了，」我在派特耳邊低聲說：「快跑！」

派特和我拔腿狂奔。

我們奔過樹林，跳過倒下的樹木，將尖銳的樹枝從我們臉前推開。

「走這邊！」我喊道，一邊抓起派特的手。「壓低身子。」

我們俯身躲進一堆濃密的樹叢。

這句英文怎麼說

我的手擦到了什麼東西。
My hand brushed against something.

史波克笨重的從我們身旁跑過。

我可以聽見牠在嗅著空氣。

「牠聞的到我們嗎？」派特低聲問道。

「噓——！」我把手指貼在嘴唇上。

我們在濃密的植物間悄悄移動。

佛萊格出現了，往我們的方向大踏步過來。

我趕緊趴到地上，也拉著派特趴下。

佛萊格跑過我們身邊。

這裡並不安全，會有更多的怪獸跟在後面，其中一隻可能會發現我們。

我示意派特跟我走。

兩個人爬進樹林更深處。

這裡的樹長得十分茂密，灌木濃密得無法從間隙看見東西，得伸出手摸索著去路。

我的手擦到了什麼東西。

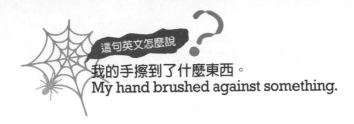

某種龐然大物。
暖暖的。
毛茸茸的。

這句英文怎麼說

我從沒見過這樣的生物。
I had never seen anything like it.

28.

我往後一跳，撞在派特身上。

我摸到什麼了？

灌木叢分開，一隻奇特的動物跳了出來。

我從沒見過這樣的生物。

長著狗的身體，有德國牧羊犬那麼大，卻有張松鼠的臉。

眞不敢相信！我心想。

而且牠也會說話。「到這邊來！快點！」牠用尖銳的吱吱聲催促道。

牠那松鼠鼻抽搐著，毛茸茸的狗尾巴也不住的搖擺。

我們能相信牠嗎？

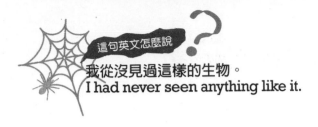

「到這邊來！」牠吱吱喊道。

爪子在空中揮了揮，指著一叢長著橘色大葉子的植物。

派特退縮不前，但是我匍匐前行，看見有個入口通往藏在葉片後面的洞穴。

「這是個躲藏的好地方。」我對派特說。

「這是『藏身洞』，」那隻松鼠狗說：「藏身洞就是用來躲藏的地方。快點！」

牠替我們把葉片撩開。

地面又在晃動。我轉過頭來，看見藍色的長毛怪獸出現在遠處，正快速朝我們的方向跑來。

「我們最好進去，派特。」我說道。

派特遲疑著。

我拉住他的手，拖著他跟在我後面。我彎下腰來，進入藏身洞。

突然間我想起奈特碰到懲罰岩的後果，這個念頭讓我不寒而慄。在藏身洞裡眞的安全嗎？

砰！砰！

這句英文怎麼說

我們緊緊縮在一起。
We huddled close together.

那些怪獸逐漸逼近。

派特往後瑟縮。

「他們人在哪裡？」一頭怪獸喊道。

我認得那是佛萊格的聲音。

「一定在這附近。」史波克回答。

松鼠狗留在洞外，牠鬆手放開橘色的葉子，葉片彈回原位，將洞穴的入口掩藏起來。

派特和我蹲在洞裡，牠們瞧不見。

我們緊緊縮在一起。洞裡的空氣很潮濕，還有股酸腐的氣味，我試著不去理會它。

我靠在洞穴的牆上，抹去額上的汗珠，然後把雙腳塞到身體底下。

「讓自己舒服一點吧，」我小聲的對派特說：「我們可能得在這裡待上很久。」

好像有什麼東西弄得我脖子好癢，我抓了一抓。

什麼東西正在搔我的耳朵。

我打了個哆嗦。

用手去拂耳朵，感覺有東西爬上了我的臉頰。

「啊！」當我感覺肩膀上被猛叮一口，不禁喊出聲來。

我轉向派特，他正在拍著自己的耳朵和脖子。

什麼東西嗡嗡飛過我的耳邊。

又有什麼東西快速爬過我的頭髮。我用力甩著頭。

我渾身又癢又刺痛，每一吋皮膚都在發癢！

派特在我身旁不停的扭動，朝自己身上又抓又拍。

「救命呀！」我大叫著跳了起來，「這是怎麼回事？這裡是怎麼搞的？」

這句英文怎麼說

我渾身又癢又刺痛。
My whole body itched and tingled.

29.

「救命呀！」我拚命抓著癢。「幫幫我們！」

那松鼠狗把臉探進洞中。

「這是怎麼回事呀？」我喊道，一邊不住的扭動、搔癢。

「我忘了告訴你們，」那奇特的動物低聲說：「藏身洞也是蟲子躲藏的地方。」

蟲子！

「噢——！」派特低聲呻吟，用脊背摩擦洞穴的牆壁，不停的抓著頭髮。

那些蟲子無所不在，有的爬在牆上，有的飛過空中，嗡嗡、咻咻、喀嗒喀嗒，響個不停。

牠們在我的手臂和腿上爬來爬去，還有我的臉、我的頭髮。

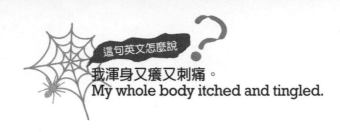

我從臉頰上拈起了一隻蠕動的蟲，用手抹過手臂和赤裸的腿，把蟲子掃到地上。

派特在我身邊扭個不停。「快把牠們從我身上弄下來啦，珍潔，」他央求道：「救——命呀！」

「噓——！」那松鼠狗將鼻子伸回洞內。「安靜！東方妖獸朝這邊過來了，千萬別出聲，否則牠會發現你們的！」

派特和我挨得更近了些。

我憋住呼吸，儘量保持不動。

在心中默數到十，假裝身上並沒有蟲子在爬。

我閉上眼睛，想著自己的臥室，牆上的海報，裝有頂篷的舒適床鋪。我想像自己躺在棉被底下，正要入睡。

突然，我想到了催眠曲中的臭蟲！

我再也無法不去理會爬滿全身的蟲子，要我不去想牠們是不可能的。

我受不了了！

這句英文怎麼說？

我一秒鐘都無法忍耐了。
I couldn't take it another second.

我一定要抓癢，要叫出來！

我沒辦法在那裡多待一秒鐘了！

一頭怪獸笨重的跑近洞口。

我認出那是史波克的聲音。「嘿——！」牠對那隻松鼠狗咆哮道：「你看見這附近有陌生人嗎？」

史波克認識這動物嗎？

牠們是朋友嗎？

「回答我！」史波克質問道。

我等著松鼠狗開口回答。

拜託別告訴牠們我們躲在這裡頭，我祈禱著，拜託。

這時一隻濕答答的肥蟲落在我臉上。我想用手指挑開，但牠緊緊附在我的臉頰上，我更用力的去拉，還是沒法擺脫牠。

一股想尖叫的衝動在體內積聚。

我一秒鐘都無法忍耐了。

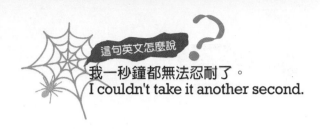

我張開嘴巴。

我要尖叫。

我一定得叫出來！

這句英文怎麼說

我趕緊用手摀緊嘴巴。
I clamped my hand over my mouth.

30.

「啊——」

我趕緊用手摀緊嘴巴。

但還是發出了一聲細微的尖叫。

橘黃色的樹葉窸窣作響，佛萊格的一隻爪子伸進了洞口。

我僵住不動，聽見派特倒抽一口氣。

「是什麼東西在裡頭？」我聽見佛萊格問那松鼠狗。

「蟲子，」松鼠狗回答：「成千上萬隻蟲子。」

是幾百萬隻吧！我苦澀的想。一堆蟲子爬滿了我的臉、手臂，還有腿，而且不斷在我耳邊嗡嗡直繞。

佛萊格將鼻子探進洞裡。

我屏住呼吸。

佛萊格用力嗅了嗅。「那難聞的氣味是什麼呀？」牠抱怨道。

「是蟲子的味道。」松鼠狗回答。

「眞是臭死了！」佛萊格低聲嘀咕，放開葉片，它們啪的彈回原位。「這裡頭只有蟲子，」佛萊格對史波克說：「沒有人類。」

「當然沒有，」松鼠狗平靜的說：「那些人類往另一個方向跑走了。」

「你幹嘛不早說？」佛萊格暴跳如雷。

史波克對其他的怪獸喊道：「他們不在這裡！往那個方向追，快！遊戲只剩下『悟』分鐘了。」

「我會找到她的，」我聽見史波克對其他怪獸吼道：「我一定得把她拍回來！沒有人類可以讓我當上東方妖獸！」

我聽見牠們踏著沉重的腳步往另一個方向奔去。

只剩下「悟」分鐘了！我不知道「悟」分鐘到底是多久，但我知道遊戲就快

這句英文怎麼說

那難聞的氣味是什麼呀？
What's that awful smell?

結束了。只要史波克沒有拍到我，我和弟弟就安全了！

可是這個昆蟲肆虐的洞穴我是一秒鐘也待不下去了。

我挪動顫抖的雙腿走到洞口，身上實在是癢得太厲害了，幾乎無法控制自己的肌肉！

我往洞外瞧去。

「牠們全都走了嗎？」我低聲問那松鼠狗。

「暫時走了。」牠回答。

「我們快出去！」我回頭朝派特喊道。

接著我跳出洞穴，派特也跟著跳了出來。

我發狂似的拍去皮膚和衣服上的蟲子，用力搔著頭髮，在樹幹上摩擦脊背。

派特重重跺著腳。「連我的靴子裡也有蟲！」他叫道。他解開鞋帶，把靴子拉了下來，翻轉過來搖晃著。大約有一百隻小黑蟲從裡頭湧了出來，落到地面四下逃竄。

「我永遠沒辦法停止發癢！」我哀號著，「我這輩子都會癢個不停了！」

「你們最好躲起來，」那松鼠狗警告我們，「牠們可能會回頭，而且每場遊戲中，你們只能使用一次藏身洞。」

派特和我謝過那隻奇特的動物後，再度衝進森林。

我之前從未到過這片區域。派特和我穿過一排高高的灌木叢，接著我猛然停下腳步。

一棵巨大的柳樹聳立在我們前方，它展開的枝椏垂得低低的，拂觸著地面。

咕啦柳？

一定是的。

我四下張望，尋找躲藏的地方。一塊長形的低矮岩石一直延伸到樹的彼端。

只剩下幾分鐘了。

「快點。」我低聲說道，同時把派特拉到岩石後面。

「這一定就是咕啦柳了，」我對他說：「等到太陽落到這棵樹後面，我們就安全了。」

派特點點頭，但是並沒有回答。他正用力的喘著氣，搔著自己的臉頰。他還

這句英文怎麼說

我四下張望，尋找躲藏的地方。
I glanced around, searching for a hiding place.

在發癢，而我也是。

「蹲低一點，」我警告他，「千萬不要碰到岩石。」

我們一起靜靜的蹲伏著。

等待著。

我的心臟重重敲擊著胸腔，皮膚又刺又癢。我緊緊縮在弟弟身旁——側耳聆聽著。

一片寂靜。

只有風吹過樹梢的颯颯聲，再也沒有別的聲音了。

「我們現在安全了嗎？」派特顫抖著小聲問道。

「還沒有。」我抬起頭來看著深灰色的天空，最後一抹紫色光暈渲染著柳樹的頂端。

快點！我催促著太陽。

快點下來！還在等些什麼？

天色更暗了。那紫色的光暈在咕啦柳背後黯淡下去。

只剩下灰色的天空了，夜晚的天空。

太陽下山了。

「我們安全了！」我又叫又跳的轉過身來擁抱派特。

「我們安全了！我們辦到了！」

我從岩石後面走了出來。

一隻沉重的手掌使勁的在我肩膀上拍了一下。

「妳是鬼！」史波克大喝一聲：「妳是東方妖獸！」

這句英文怎麼說

遊戲結束！
Game over!

31.

「啊？」

我大吃一驚，倒抽了一口氣。肩上仍能感覺到被怪獸拍那一掌的刺痛。

「不公平！」派特喊道：「這不公平！」他目不轉睛的瞪著那些朝我們包圍過來的怪獸，他從來沒有近距離看過牠們。

「天黑了！太陽已經下山了！」我大聲抗議，「你們現在不能抓我了。」

「遊戲結束！遊戲結束！」佛萊格踏出樹林，快步走向怪獸圍成的圈子。

「太陽已經落到樹後了，你們不能抓我了！」我憤怒的指著咕啦柳。

「遊戲還沒有喊停，」史波克平靜的說：「妳是知道規則的，一定要等到佛萊格喊『遊戲結束』，遊戲才能停止。」

所有的怪獸都七嘴八舌表示同意。

我捏緊拳頭。「但是……但是……」我挫敗的垂下頭來，結結巴巴的說，我知道牠們不會聽我辯解的。

派特乾嚥一聲。「牠們現在要做什麼，珍潔？」他悄聲的問：「牠們會傷害我們嗎？」

「我告訴過你了，」我也低聲回答：「牠們要把我們吃掉。」

派特驚呼一聲，想要開口說些什麼，但是來不及了。

佛萊格踏上前來，將我攔腰抓起，然後甩到牠的肩膀上。

我全身血液衝到頭上，只覺頭暈目眩，地面離我好遠好遠！

史波克將派特扛上肩膀。

「喂——！」我抗議道：「放下我弟弟！」

「他是妳的幫手，」史波克回答：「我們向來會把幫手也吃掉！」

「放我下來！」派特尖叫道：「放開我！」

但那巨獸不理會他。

這句英文怎麼說

群獸圍繞著我們。
The beasts circled around us.

牠們把我們雙雙扛進一小片空地中。

空地中央有個大石坑，裡頭燃燒著熊熊的火焰，黃色和藍色的火舌張牙舞爪般地躍向天空。

佛萊格將我放到一個樹墩上，史波克把派特放在我身旁。

群獸圍繞著我們，不停的流著口水，舔著嘴唇。

我以爲我聽見打雷聲，但很快就發現那是牠們的肚子在咕咕的響。

「今天是星期伍，」史波克微笑的說：「我們星期伍總會吃烤肉。」

我用力嚥著口水，望著夜空中躍動的火舌。然後把雙臂環繞胸前，緊緊抱著自己。

史波克拿著一根長長的金屬棒捅著火堆。

牠用那棒子指著我。「好香，好香。」

牠咧嘴一笑，揉著自己的肚皮。

我感到一陣反胃。

葛力柏將一只巨大的鍋子拖到火堆旁，把它架在火焰中央。

佛萊格從附近樹上扯下幾顆瓢瓜，將它們剖開，把黃色的汁液倒入鍋中。接著牠又找來一些柴枝和樹葉，也扔進了鍋裡。

葛力柏攪了又攪，一股酸腐的惡臭從鍋中冒了出來。

「湯汁準備好了。」葛力柏宣告。

「對不起，」我轉向派特用顫抖的聲音說：「抱歉我輸掉了遊戲。」

「我也很抱歉。」他望著火焰，低聲說道。

群獸開始同聲唸誦：「星期伍，星期伍，星期伍。」

「誰帶了烤肉醬？」史波克問道，「我快餓死了！」

佛萊格將我舉起，挾在臂彎中，拎著我走向烹鍋。

這句英文怎麼說

我快餓死了！
I'm starving!

32.

「哇！等等！住手！」

一個熟悉的聲音從空地另一頭傳來。

我猛然轉頭。

「奈特！」我尖叫道。

「珍潔！」奈特喊道，並揮舞著手臂朝我們奔來。「這是怎麼回事？牠們在做什麼？」

佛萊格把我放到地下。

「奈特——！」我尖聲叫道：「快跑！快去求救！快！」

他在空地中央停下腳步。「但是，珍潔……」

「牠們會把你也吃掉的，」我尖叫道：「快跑呀！」

「抓住他！」史波克對其他怪獸吼道。

葛力柏和其他幾頭怪獸起身去追奈特。

奈特急忙轉身，飛快衝向樹林，消失在樹叢間。

我無助的看著群獸跟著他衝進了樹林。

千萬別找到他，我交叉手指祈禱著！

奈特逃得掉的，我對自己說。

他會爬上某棵樹，他會擺脫牠們，然後跑去求救。

派特和我目不轉睛的盯著黑暗的樹叢，焦急的等待著。

「啊，不會吧……！」當我看見群獸從林中出來時，不禁長嘆了一聲。牠們其中一隻肩膀上扛著奈特。

奈特又踢又搥，但卻無法掙脫。

那頭怪獸將奈特扔在我和派特旁邊，奈特臉孔朝下重重的摔在地上。

現在牠們把我們三個全都抓住了，可以大快朵頤了！

這句英文怎麼說

你該躲得遠遠的。
You should have stayed away.

史波克和佛萊格飢餓的望著我們，葛力柏用舌頭舔過牠長長的獠牙。

我倒在奈特身旁。「你是怎麼脫身的？」我問他：「怎麼從籠子裡出來的？」

奈特翻了個身，坐了起來。「其實並不是那麼難，」他呻吟著說：「那木板並不結實，我試了又試——終於弄開一個夠大的縫，然後就逃出來了。」

「你該躲得遠遠的，」我對他說：「你應該逃跑。現在牠們要連你也一起吃掉了。」

奈特抬起眼睛看著大鍋和熊熊的火焰。

「我……我不想再玩了。」他結結巴巴的說。

「奈特，」我悲傷的說：「遊戲剛剛已經結束了。」

33.

「安靜！」佛萊格喝道：「你們是我們的晚餐——還不趕快閉上嘴！」接著牠目不轉睛的盯著奈特。

佛萊格瞇起眼睛，腦袋歪向一邊。接著牠對史波克和葛力柏低聲耳語。

另外兩頭怪獸也走近了些。牠們看看派特，又看看奈特，開始嘰哩咕嚕的交談起來，還一邊搖著牠們毛茸茸的大腦袋，說話時口鼻不住上下擺動。

「你們會複製！」史波克對派特說：「你們施展了『分身大法』！」

我看著那些怪獸，研究著牠們驚愕的表情。難道牠們沒見過雙胞胎嗎？

「你們會複製成兩個人！」佛萊格喊道：「這是『分身大法』呀！你們爲什麼不早告訴我們？」

這句英文怎麼說

難道牠們沒見過雙胞胎嗎？
Hadn't they ever seen twins before?

「啊……告訴你們什麼呀？」我問道。

「爲什麼不告訴我們，你們是第三級的玩家？」佛萊格憤怒的瞪視著我。

我和弟弟們迷惑的對望一眼。

「你們玩錯遊戲了。」史波克搖搖頭，宣告道。

「如果你們能夠分身，這表示你們屬於第三級，」佛萊格拍拍自己毛茸茸的前額說：「這下我眞是糗大了！你們幹嘛不早點告訴我們！」

「喂，我早就告訴過你我們不要玩的，」我厲聲說道：「但是你不肯聽。」

「眞是太抱歉了，」佛萊格向我們道歉：「我們是第一級的玩家，只是初學者，不像你們是高手。」

「高手？」派特喃喃的說。他轉頭看我，翻了翻白眼。

「這就是爲什麼我們只能在白天玩，」佛萊格解釋：「我們還沒本領在晚上玩。」

四周的怪獸全都低聲嘟囔，不停的點著頭。

「當然，我們現在必須讓你們走。」佛萊格搔著牠鬆垂的下巴。

「嗯，當然。」我正色道。內心忍不住想要上下蹦跳，高聲歡呼，但是我設法克制住自己。

「就這樣嗎？」奈特對佛萊格喊道：「我們自由了？」

「是的，再見。」佛萊格拉長了臉，摸了摸自己的肚皮。我聽見裡頭隆隆直響。

「別再問了，」我對奈特說：「我們趕緊走吧！」

「再見。」佛萊格再次說道。

牠揮著爪子，彷彿想要把我們趕走似的。

我跳了起來，再也不覺得累、不覺得怕、不覺得癢，也不覺得髒了。

這下遊戲是真的結束了。

「我們要怎麼樣才能找到爸媽呢？」我問道。

「這個簡單，」佛萊格回答：「沿著這條小路走，」牠指出方向，「沿著它穿過樹林，這條路是通往你們的世界的。」

我們大喊再見，然後拔腿就溜。那條狹窄的泥土小徑蜿蜒穿過樹林，銀色的月光在地面跳著舞。

「我真高興你們兩個是雙胞胎！」我興奮的大喊。

我這輩子從來沒說過這句話！但我是真心的，是弟弟們救了我的命！

樹林逐漸變得稀疏，看得見滿月爬上黑暗的樹梢。我們像是在奔向月亮，奔進它那溫暖的銀光中。

「爸媽一定不會相信這個故事的。」我說。我打算告訴他們每一個駭人聽聞的細節。

「他們一定得相信我們，」派特說道：「這可是千真萬確的。」

我猛然加速，兩個弟弟也加緊腳步好跟上我。

我迫不及待要趕回去。

爸媽一定擔心極了。

「哇啊！」我倒吸一口氣，打著滑煞住腳步。

派特和奈特撞在我身上，我們三個都掙扎著不要摔倒。

一頭巨獸從一棵樹後踏了出來，擋住了去路。

牠將毛茸茸的手臂橫抱在寬闊的胸前，彈珠般冰冷的眼睛向下打量著我們，

這句英文怎麼說

爸媽一定擔心極了。
Mom and Dad must be so worried.

一邊掀著鼻子。牠張開大嘴咆哮起來，露出裡頭長長的獠牙。

這一次，我並不害怕。

「讓開，」我命令牠：「你得讓我們過去。我弟弟和我是第三級的玩家。」

「你們是第三級的？嘿——太好了！我也是！」那怪獸喊道：「拍到了！妳是鬼！」

光是想像就讓我渾身發起癢來。
Just thinking about them made me itchy all over.

爸爸不斷回頭對他們吼叫。
Dad kept turning around to yell at them.

我打到第六關了。
I am on Level Six.

來玩捉迷藏吧！
Hide-and-seek

不管躲好了沒有，我要來了！
Ready or not, here I come!

他倆簡直無可救藥。
They are hopeless.

我們沿著小溪走吧。
Let's follow the stream.

我的心臟怦怦的撞擊著胸膛。
My heart hammered against my chest.

我什麼樣的動物會有這麼大的腳印？
What kind of animal had a footprint that huge?

這是我有生以來見過最詭異的生物了！
The weirdest creature I'd ever seen in my life!

那怪獸朝我們的反方向轉過身去。
The beast turned away from us.

我如釋重負的吁了一口氣。
I let out a sigh of relief.

我在虛張聲勢。
I was bluffing.

這是個好兆頭。
That was a good sign.

他想唬誰呀？

Who was he kidding?

那只是一隻松鼠！

It's only a squirrel!

汗珠從我額頭淌下，流進眼睛裡。

Sweat ran down my face into my eyes.

我驚愕得張大了嘴。

My mouth dropped open in astonishment.

這就是問題所在。

That's the problem.

這是個生存遊戲！

It's a game of survival!

輸的人會怎樣呢？

What happens to the losers?

沒時間解釋了。

No time to explain.

你必須要有三呎高才能參加遊戲。

You must be three feet tall to play.

我們可以喊暫停呀。

We can call time-out.

至少這些小傢伙沒那麼惡劣。

At least these little guys aren't mean.

試著別發出任何聲音。

Try not to make any noise.

我聽見熟悉的咆哮聲。

I heard a familiar growl.

我被纏住了！

I'm stuck!

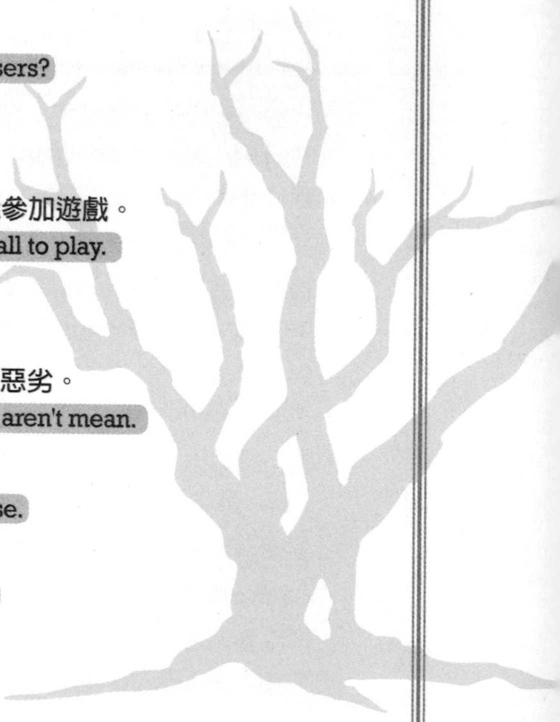

他們爬滿我全身了！
They're climbing all over me!

他們很怕癢。
They're ticklish.

你剛才可以捉到我的。
You could have tagged me.

我指著地面。
I pointed at the ground.

妳為什麼這麼頑固呢？
Why are you so stubborn?

這容易得很。
This is a cinch.

那些結瘤就像是手肘。
The knots were like elbows.

我看到他被嚇得喘不過氣來。
I saw him gasp in shock.

這棵樹想擋住我。
The tree was trying to keep me away.

他爬樹的技術終於派上用場了！
His tree-climbing skills were finally coming in handy!

你一個人過去比較安全。
It's safer if you go alone.

再走幾步就到岩石旁邊了。
A few more steps and I'd be at the rock.

一陣勁風颳了起來。
A sharp gust of wind kicked up.

給我看看你的手。
Let me see your hand.

你們想把他怎麼樣？

What are you going to do to him?

我跟著怪獸走出隧道。

I followed the beasts out of the tunnel.

這是基本規則。

It's a basic rule.

他正在熟睡中。

He was sound asleep.

一路尖叫著。

Screaming all the way.

我強迫自己站起來。

I forced myself to my feet.

底下有個東西聞起來好香喲。

Something down there smells delicious!

我需要武器。

I needed a weapon.

他們重重的跺著腳。

They stomped their feet loudly.

這會是某種詭計嗎？

Was this some kind of trick?

我的腳絆到了一塊石頭。

My foot caught on a rock.

我的希望又破滅了。

My hopes were crushed again.

我偷偷一看。

I peeked out.

這簡直順利得難以置信。

It was too good to be true.

我感覺有一股熱血湧上了我的臉。
I could feel the blood rush to my face.

史波克站定不動。
Spork froze in place.

他是在哪個方向？
Which way is he?

我的兩腿痠疼，雙腳灼痛。
My legs ached. My feet burned.

我鬆了一口氣。
I breathed a sigh of relief.

這個遊戲是要人命的。
This game is deadly.

我的手擦到了什麼東西。
My hand brushed against something.

我從沒見過這樣的生物。
I had never seen anything like it.

我們緊緊縮在一起。
We huddled close together.

我渾身又癢又刺痛。
My whole body itched and tingled.

我一秒鐘都無法忍耐了。
I couldn't take it another second.

我趕緊用手捂緊嘴巴。
I clamped my hand over my mouth.

那難聞的氣味是什麼呀？
What's that awful smell?

我四下張望，尋找躲藏的地方。
I glanced around, searching for a hiding place.

遊戲結束！

Game over!

群獸圍繞著我們。

The beasts circled around us.

我快餓死了！

I'm starving!

你該躲得遠遠的。

You should have stayed away.

難道牠們沒見過雙胞胎嗎？

Hadn't they ever seen twins before?

爸媽一定擔心極了。

Mom and Dad must be so worried.

給你一身雞皮疙瘩！

我的朋友是隱形人

My Best Friend Is Invisible

看不見的東西，並不表示「它」不存在！

山米·賈科是個酷愛鬼魂、科幻小說的男孩。
他的父母都在大學實驗室裡做研究工作，
是只相信「眞實存在」的科學家。
可是他們的兒子卻遇上了一個特不眞實的人。
山米必須找出一個法子好甩掉他的新「朋友」。
但問題是……山米的新「朋友」是個隱形人！

深海奇遇

Deep Trouble

千萬別下水！

比利和姊姊席娜去拜訪住在加勒比海小島的舅舅D博士。
那裡是一個適合浮潛與海底探險的理想地點。
但這裡有一條禁令，那就是：遠離珊瑚礁！
但珊瑚礁實在太美了，讓比利忍不住偷偷來到這片迷人的珊瑚礁海域探險。然而他在海中並不孤單，因爲有其他東西正潛伏在海底深處，蠢蠢欲動……

每本定價 199 元

雞皮疙瘩系列 36

妖獸森林

原著書名── The Beast From The East
原出版社── Scholastic Inc.
作　　者── R.L. 史坦恩（R.L.STINE）
譯　　者── 孫梅君
責任編輯── 劉枚瑛、何若文

國家圖書館出版品預行編目 (CIP) 資料

妖獸森林 / R. L. 史坦恩 (R. L. Stine) 著；孫梅君 譯 .
-- 2 版 . -- 臺北市：商周出版：家庭傳媒城邦分公司發行，
民 105.08 176 面；14.8 x 21 公分 . -- (雞皮疙瘩系列 ;36)
譯自：The beast from the east
ISBN 978-986-477-061-8(平裝)
874.59　　105011341

版　　權── 翁靜如、吳亭儀
行銷業務── 林彥伶、石一志
總 編 輯── 何宜珍
總 經 理── 彭之琬
發 行 人── 何飛鵬
法律顧問── 台英國際商務法律事務所 羅明通律師
出　　版── 商周出版
臺北市中山區民生東路二段 141 號 9 樓
電話：(02) 2500-7008 傳真：(02) 2500-7759
E-mail：bwp.service @ cite.com.tw
發　　行── 英屬蓋曼群島商家庭傳媒股份有限公司城邦分公司
臺北市中山區民生東路二段 141 號 2 樓
讀者服務專線：0800-020-299 24 小時傳真服務：(02)2517-0999
讀者服務信箱 E-mail：cs @ cite.com.tw
劃撥帳號── 19833503 戶名：英屬蓋曼群島商家庭傳媒股份有限公司城邦分公司
訂購服務── 書虫股份有限公司客服專線：(02)2500-7718；2500-7719
服務時間：週一至週五上午 09:30-12:00；下午 13:30-17:00
24 小時傳真專線：(02)2500-1990；2500-1991
劃撥帳號：19863813 戶名：書虫股份有限公司
E-mail：service@readingclub.com.tw
香港發行所── 城邦（香港）出版集團有限公司
香港 灣仔 駱克道 193 號東超商業中心 1 樓
電話：(852) 2508-6231 傳真：(852) 2578-9337
馬新發行所── 城邦（馬新）出版集團
Cité(M) Sdn. Bhd. 41, Jalan Radin Anum,
Bandar Baru Sri Petaling, 57000 Kuala Lumpur, Malaysia.
電話：(603)9057-8822 傳真：(603)9057-6622
商周出版部落格── http://bwp25007008.pixnet.net/blog
行政院新聞局北市業字第 913 號

美術設計── 王秀惠
印　　刷── 卡樂彩色製版有限公司
經 銷 商── 聯合發行股份有限公司 新北市 231 新店區寶橋路 235 巷 6 弄 6 號 2 樓
電話：(02)2917-8022 傳真：(02)2911-0053

■ 2005 年（民 94）05 月初版
■ 2021 年（民 110）01 月 13 日 2 版 2 刷
■ 定價 / 199 元

ISBN 978-986-477-061-8

Printed in Taiwan
城邦讀書花園
www.cite.com.tw

Goosebumps®

Goosebumps®